蒙曼女性诗词课

邦媛

蒙曼 ◎ 著

湖南文艺出版社
HUNAN LITERATURE AND ART PUBLISHING HOUSE

博集天卷
CS-BOOKY

序言

　　我的这套书分成上下两册。上册叫《哲妇》，讲贯穿中国历史的二十八位政治女性；下册叫《邦媛》，讲贯穿中国历史的二十四位文化女性。熟悉诗词的朋友一看就明白，这两个书名都出自《诗经》，它意味着这套书和诗词有着密不可分的关系。

　　很久以前，我就谋划着讲一场女性诗词课。因为女性史是我的学术方向，而诗词又是我的业余爱好。并且，诗词也是传统时代和女性最为亲近的一种文学表达形式。历史上的女哲学家几乎没有，女史学家也寥若晨星，唯独女诗人绵绵不绝，无代无之，以至于后来女诗人甚至成了"才女"的标准形象。试想，若是林黛玉不吟出"未若锦囊收艳骨，一抔净土掩风流"，她的动人形象，又该打了多少折扣！时至今日，仍然有那么多女性醉心于清辞丽句的诗文，更醉心于诗情画意的生活。既然如此，我为什么不把诗词和女性结合起来，讲一讲诗词中的中国女性呢？

尽管"蓄谋已久"，但真到实际操作，还是会面临若干问题。其中最重要的一个问题是，所谓"女性诗词"，到底应该是女性书写的诗词，还是书写女性的诗词呢？这个问题背后其实是一个更大的问题，即我到底是想要借助诗词建构一本关于中国女性的历史，还是仅仅想以诗词为载体，构建一本女性文学史呢？我最终的选择是前者。这个选择也就顺理成章地推导出如下几个原则：第一，我是要借这本书给中国女性树碑立传的。我讲的这些女性，不是架空历史，组合拼盘式的所谓"四大美女""四大才女"，而是真正顺着中华五千年的历史来讲女性。本书选择的女性，全都是真实存在过的历史人物，至少有着基本可信的历史原型。她们就生活在自己所处的那个时代，她们的一举一动，也深刻反映甚至深刻影响着自己身处的时代，她们都是自身时代的弄潮儿。最近一些年，常常有人提出，历史的英文单词"HISTORY"本身就反映着一种观念上的不完整和不公平，忽视了女性的历史贡献和价值。这当然是一种揶揄，因为"HISTORY"的词源是古希腊语 histōr，意为"习得，智者"，跟作为男性指代的"HIS"并没有关系。尽管如此，这种揶揄仍然并非空穴来风，占人类一半的女性，难道不是在历史上一直被忽视，被打压吗？既然如此，我何不在力所能及的范围之内，构建一个"HER STORY"，看看以她们为主体的历史又是怎样一番模样呢？第二，我也是要给当代女性找参照物的。我是谁？我有多大本事？我又须面对哪些问题？这样的困惑我们差不多每天都要面对。答案在哪里呢？我们不妨照照镜子吧。唐太宗说得好："以铜为镜，可以正衣冠；以古为镜，可以知兴替；以人为镜，可以明得失。"《哲妇》这本书一共涉及历史上的二十八位女性，这里面既有贤良淑德，也有肆意妄为；既有巾帼英雄，也有红颜祸水。或者，最直白的说法是：这里不仅有好人，也有坏人；不仅有成功，也有失败。正因为如此，我们才能不仅仅把她们当成励志的榜样，更把她们当成不说谎的镜子，让我们"见贤思齐焉，见不贤而内自省也"。第三，书中的每一位女性，都有至少一首诗作为载体。这首诗可能是她写的，也可能是写她的，总之，一定和她有着极为密切的关系。她的所思所想在诗词里，她的人生故事也在诗词里。当然，就像"尽信书则不如无书"一样，我们也必须承认，尽信诗则不如无诗。我会尽己所能，去发掘她在诗之外、诗背后的故事，然后告诉大家，她又为何被写成了诗中的样子。

女性是个永恒的话题，也是个越来越有吸引力的现实话题。近几年来，"大女主"的形象在影视剧里反复刷屏。我不敢说，我《哲妇》里写的二十八位女性都是大女主，事实上，我也不希望自己去描述二十八位大女主的故事，因为那毕竟不是历史的真实情态。我只希望这本书里有属于历史的真，属于诗词的美，还有属于价值观的善。当年，冰心老人在《关于女人》里说，世界上若没有女人，这世界至少要失去十分之五的"真"、十分之六的"善"、十分之七的"美"。这种比例的划分自然只是一种私人化的表达，

3

但抛开比例不谈，真、善、美毕竟是人类的永恒追求，本书愿意以此为目标，向贯穿历史，构成历史，也创造历史的所有"女主"致敬。希望我们和我们的前辈一样，不仅有"巧笑倩兮，美目盼兮"的神采，有"凌波微步，罗袜生尘"的风度，更有"长揖雄谈态自殊，美人巨眼识穷途"的眼光，有"蜀锦征袍自裁成，桃花马上请长缨"的豪情，只有这样，我们才终能坚信："何须浅碧深红色，自是花中第一流。"

蒙曼

2021 年 6 月 23 日

玉之瑱也，象之揥也，扬且之皙也。
胡然而天也，胡然而帝也。

瑳兮瑳兮，其之展也。
蒙彼绉絺，是绁袢也。
子之清扬，扬且之颜也。
展如之人兮，邦之媛也。

邦媛·解题

邦媛这个词出自《诗经》。《诗经·鄘风·君子偕老》云:"展如之人兮,邦之媛也。"意思是说,这样国色天香的人啊,真是能代表国家形象的淑女!那么,到底什么样的女性才能称之为"邦媛",代表我们中国的形象呢?我一直觉得,秦皇汉武、唐宗宋祖虽说在历史上声威赫赫,一颦一笑之间,或是河清海晏,或是流血千里,但是,真正能够具有跨越时空的绵长影响力,体现出我们中华文明的风采和气象的,倒并不是这些政治英雄,而是一些文化英雄。试想,如果没有诸子百家,竹林七贤,唐宋八大家,苏门四学士,我们中华文明的天空,又怎能光风霁月,璀璨如斯呢!那么,如果把这些文化形象置换成女性呢?我们眼前也会闪现出一连串的集合名词：四大贤母，四大美女，四大才女，秦淮八艳……这些人都是广义上的文化女性，她们在中国这个大舞台上鸢飞鱼跃，为自身所处的时代错彩镂金。我们这本书就用《邦媛》作为书名，向这些流传千古的文化女性致敬，她们身上，无不体现着中华文化对女性的塑造，与此同时，她们也用自身的才智，形塑着中华文化的模样。

明朝的文人陈继儒有一句"名言"——女子无才便是德，无论他说这句话的本意如何，这句话都深深刺痛过女性的心灵，也给今人留下了古代女子无才无能的黯淡印象。但是，如果你看完我们这本书就会发现，中华文明其实是一曲连绵不绝的复调，这曲复调中有一支属于女性的旋律，它平和温婉，却也有一个昂扬的音调反复回旋，时露峥嵘，那就是"自言才艺是天真，不服丈夫胜妇人"。

蒙曼

2022 年 5 月 31 日

目录

1

第二章

秦汉风华

2

第三章 魏晋融合

3

第四章

隋唐传奇

4

5

第一章

春秋战国

一篇《硕人》，始终是庄姜的独角戏，让再惊人的美都带着几许悲凉的味道。

庄姜

巧笑倩兮，
美目盼兮

　　我们这一本书讲的是中国的文化女性，而中国文化的基石其实是在周朝奠定的。周文化的特征是礼乐文明。谈到礼，我们往往会想到诸侯之间结盟的烦琐礼仪，谈到乐，我们则会想到钟鼓笙竽，想到伴随着音乐演唱的诗歌。我们这开篇第一章，就从东周讲起，讲那个时代辗转在礼乐之间的女性。

　　东周又分为春秋和战国两个时期。春秋时期的一个时代特点就是结盟。结盟的实质自然是诸侯国之间的政治交易，但表象却往往是男婚女嫁、秦晋之好，女性就这样走上了春秋的历史舞台。本文的主人公庄姜，也是政治婚姻中的一方，她同时还有另外一重身份——春秋时期第一白富美。其实，说她是春秋时期第一白富美还是贬低了庄姜，她更应该得到的头衔，是中国第一白富美。可能有人会想，这也太夸张了吧？

我们中国有四大妖姬——妹喜、妲己、褒姒、骊姬，还有四大美女——西施、昭君、貂蝉、杨贵妃，难道这些美女都不如庄姜吗？确实不如。

有诗为证。这首诗是《诗经·卫风·硕人》：

硕人其颀，衣锦褧衣。齐侯之子，卫侯之妻，东宫之妹，邢侯之姨，谭公维私。

手如柔荑，肤如凝脂，领如蝤蛴，齿如瓠犀，螓首蛾眉。巧笑倩兮，美目盼兮。

硕人敖敖，说于农郊。四牡有骄，朱幩镳镳，翟茀以朝。大夫夙退，无使君劳。

河水洋洋，北流活活。施罛濊濊，鳣鲔发发，葭菼揭揭。庶姜孽孽，庶士有朅。

这首诗的主题是美人出嫁。这个美人给人的第一观感是什么？其实诗题就告诉我们了——她是"硕人"。所谓硕人，就是身材高挑的女孩子。庄姜是齐国的公主，今天的齐鲁大地仍然盛产美女，而且是那种高挑、端庄的美，不是网红脸，也不是小鸟依人，而是站在那里就有存在感，自带一副大女主的派头。

那么，这个昂然挺立的大女主究竟是什么来头呢？第一段写得清清楚楚。"硕人其颀，衣锦褧衣。齐侯之子，卫侯之妻，东宫之妹，邢侯之姨，谭公维私。"什么意思呢？好个修长的女郎，麻纱罩衫锦衣裳。她是齐侯的爱女，她是卫侯的新娘，她是太子的胞妹，她是邢侯的小姨，谭公也是她的姐妹的丈夫。这一段诗句让人明白，这位美女真来头不小，在她身上包围着四重光环。

先看娘家这边。庄姜的第一重保护伞是她的父亲齐侯。所谓齐侯指的是齐庄公，齐庄公本身不是一个特别有名气的君主，但齐国可是春秋时期数一数二的大国。当年，姜太公辅佐周文王、周武王父子建立周朝，功莫大焉，自然成了第一批封土建国之人，他受封建立的诸侯国就是齐国。到春秋时期，周王朝没落了，但是齐国并没有没落，反倒靠着煮盐、捕鱼两项生意富甲一方。我们讲春秋五霸，第一个不就是齐桓公吗！庄姜作为齐侯的女儿，背后有大国撑腰，当然是万千宠爱集于一身。庄姜身上的第二重光环来自她的哥哥——齐国太子。做齐侯的女儿只能保证现在，做太子的妹妹却能保证未来。总有一天，齐侯要老去，那个时候，接班人就是现在的太子。庄姜可不是庶出的女儿，她是太子的同胞妹妹，就算日后老爸去世，她还有亲哥哥罩着，怕什么呢？庄姜的第三重光环是她的姐夫邢侯和谭公。庄姜的姐姐，一个嫁给了邢国的国君，也就是邢侯；一个嫁给了谭国的国君，也就是谭公。这都是多么高贵的亲戚！有了这些亲戚的维护，庄姜的地位可不就是万无一失了吗！

再看婆家这边。庄姜嫁给了卫侯，也就是卫庄公。卫国也是个非常厉害的诸侯国，当初周武王伐纣，灭了商朝，怎么处理剩下来的商朝遗民呢？周公决定，就在商朝原来的首都朝歌建立卫国，安置商朝遗民。派去的统治者，是周公最小、最疼爱的弟弟康叔，这就是卫国的首任国君。这样的婆家才配得上她的娘家，这是高层次的门当户对。事实上，"庄姜"这个称号，正是由婆家和娘家组合而成——所谓庄，是她丈夫卫庄公的谥号，而姜，则是她娘家的姓。

有这样显赫的家世背景，庄姜自然是大家风范，气度不凡。

可是，我们说她是中国第一美女，自然不能光讲气质和家庭背景，还得有外貌作为硬支撑。庄姜长相如何呢？第二段写得精彩绝伦。"手如柔荑，肤如凝脂。领如蝤蛴，齿如瓠犀，螓首蛾眉，巧笑倩兮，美目盼兮。"这一串比喻太妙了。庄姜的手像柔荑，柔荑是什么？是茅草初生的嫩芽。《红楼梦》第四十九回，大观园一下子新来了四位小姐，小丫头们都去看热闹，晴雯夸得最有水平，她说："大太太的一个侄女儿，宝姑娘一个妹妹，大奶奶两个妹妹，倒象一把子四根水葱儿。"想想看，这柔荑可不就是水葱儿的感觉？又尖又细，嫩生生的。庄姜的皮肤像凝脂，凝脂是什么？是凝结的油脂，想想看，那是多么白嫩，多么细腻的感觉呀。她的脖子像什么？像蝤蛴，也就是天牛的幼虫。现代人离自然越来越远，很多人都没见过天牛了，但是只要在互联网上搜索一下你就会发现，天牛的幼虫长得又白又圆，身体还一节一节的，有点像蚕宝宝。想来，庄姜绝非瘦骨嶙峋，而是一个有点婴儿肥的美女，只有那种带点婴儿肥的圆脖子，才能被比作蝤蛴。她的牙齿像瓠犀，瓠犀是什么？是瓠瓜的子，又小又白又整齐。她的额头和眉毛像什么？她是螓首蛾眉，所谓螓，是一种像蝉一样的昆虫，头又宽又方正；所谓蛾，则是蚕蛾，蚕蛾的触角又弯又长。也就是说，她的额头开阔饱满，她的眉毛又细又弯。这一串比喻，在我们今天看来多新鲜啊。我们现代人，绝不可能把美女一会儿比成植物，一会儿比成动物油，一会儿又比成昆虫吧？我们活得太文明了，几乎跟大自然切断了联系，偶尔看到一只小虫子，都会吓得叫起来。可是，我们的祖先不一样，他们就生活在一个有瓠瓜、天牛和蚕蛾的自然世界里，他们的审美，就来自自然，他们心中的美人，正是集合了自然界的全部优点，才显得那么精妙无双。可是，诗人使尽浑身解数才想出来的这一连串比喻再美，也美不过最后两句："巧笑倩兮，美目盼兮。"没有这嫣然一笑、秋波一转，这美人就是一幅画，一尊塑像，只有形，没有神。而一旦有了"巧笑倩兮，美目盼兮"，这美人就活了。白居易在《长恨歌》中说，"回眸一笑百媚生，六宫粉黛无颜色"，能让六宫后妃黯然失色的，不就是这"巧笑倩兮"中蕴含的妩媚与灵动吗！所以，清朝的大学者方玉润说："千古颂美人者，无出'巧笑倩兮，美目盼兮'二语。"我说庄姜是中国第一白富美，道理也就在这儿。

如今，这位绝世白富美要出嫁了，诗的后两段，讲的就是她出嫁的场面。

硕人敖敖，说于农郊。四牡有骄，朱帻镳镳，翟茀以朝。大夫夙退，无使君劳。

河水洋洋，北流活活。施罛濊濊，鳣鲔发发，葭菼揭揭。庶姜孽孽，庶士有朅。

什么意思呢？好个高挑的新娘，婚车歇在农田旁。看那四马多雄健，红绸系在马嚼上，华车徐徐向朝堂。诸位大夫早退朝，今朝莫让君王劳。

黄河之水白茫茫，北流入海浩荡荡。下水渔网哗哗动，戏水鱼儿喇喇响，两岸芦苇长又长。陪嫁姑娘身材棒，随从男士貌堂堂！

这个婚礼多完美呀，娘家做了最好的安排，有高车大马，有丰厚的陪嫁，还有跟她一起过来的媵妾和侍从。婆家也做了最充分的准备，连大臣们都相互打招呼：今天国君有大事，咱们别烦他了，让他早点退朝，好好休息！如此完美的新娘，如此完美的婚礼，就像我们小时候都听过的王子和公主的故事，从此，公主就要过上幸福的生活了。是不是呢？

如果是，那就是童话故事了，而我们讲的是历史。历史是过去的生活，而生活，永远不乏意外。对庄姜而言，最大的意外，就是她的夫君卫庄公一点都不喜欢她。她如此完美，怎么会不喜欢呢？大概爱情就是这么无厘头吧，喜欢，说不上是为什么；不喜欢，还是说不上为什么。庄姜和卫庄公奉行的，是春秋时代贵族联姻的原则，这种婚姻，只保证利益共享，但不保证两情相悦。美貌的庄姜并不得宠，无宠又导致了无子，而无子的结果自然就是夫君进一步的冷淡和再娶。

娶了谁呢？卫庄公又娶了陈国的一对姐妹花——厉妫和戴妫。厉妫生了一个儿子，取名孝伯，戴妫也生了一个儿子，取名完。一时之间，卫国的后宫，变成了陈国公主的天下，而身为正妻的庄姜，倒成了一条被晾在岸上的咸鱼。连卫国的百姓都忍不住怜悯她，怜悯她美丽而得不到爱慕，贤惠而收不到回报，他们甚至担心着她的未来，这位王后会面对怎样的结局呢？据说，《硕人》这首诗正是在这种情况下才传唱开来的，这就是《毛诗序》中所讲的成诗背景：“《硕人》，闵庄姜也。庄公惑于嬖妾，使骄上僭。庄姜贤而不答，终以无子，国人闵而忧之。”

知道了事情的来龙去脉，再回头看《硕人》，是不是能读出一些不一样的味道？诗中的描写多美啊，但从头到尾，始终是旁观者的叙述，没有"求之不得，寤寐思服"的渴望，没有"悠哉悠哉，辗转反侧"的悸动，更没有"窈窕淑女，琴瑟友之"的期盼。一篇《硕人》，始终是庄姜的独角戏，让再惊人的美都带着几许悲凉的味道。

那么，庄姜的故事是不是到此结束了呢？并没有。后来，事情又有了转机。厉妫生的公子孝伯早夭，而戴妫生下儿子之后不久就因病去世，她的儿子公子完没了母亲。怎么办呢？庄姜毕竟是大国之女，卫庄公的正妻，孩子的嫡母，所以，卫庄公就让庄姜抚养这个孩子，而庄姜也从公子完身上获得了莫大的安慰。卫庄公死后，公子完顺理成章地接班，史称卫桓公。母以子贵，有了卫桓公，庄姜也就晋升一级，成了太后。看到这里，恐怕很多读者朋友都松了一口气，觉得她总算是苦尽甘来了。

是不是呢？仍然不是。新的意外又出现了，卫桓公被自己同父异母的弟弟杀死了。卫庄公和那个时代的大多数君主一样，身边永远不乏美女。他并不是只有厉妫和戴妫两个妾，也不是只有公子完一个儿子。卫庄公晚年，最宠爱一个叫州吁的儿子。州吁爱好军事，卫庄公不但不加以禁止，反而让他带兵。当时就有大臣劝诫卫庄公说：一个人若是喜欢自己的儿子，就应教他走正道。如果您准备改立州吁做太子，那就应该定下来；如果既不让他当太子，又不约束他，那迟早会酿成大祸。卫庄公不听，于是，州吁也就越发骄横跋扈。卫桓公即位之后，觉得州吁在身边迟早是个祸患，就罢免了他的官职。州吁于是逃跑了，卫桓公也没有再斩草除根。结果，州吁在卫国之外结交了一些卫桓公的反对派，他们奔回卫国，杀死了卫桓公。**卫桓公是春秋时期第一个遭到杀**

害的君主，这也开创了一种新的时代风气，从此之后，弑君废君就逐渐成了常态。这是卫桓公之死对整个中国历史的影响。那么，这件事对庄姜的影响又如何呢？卫桓公一死，庄姜也就失去了她在卫国的最后一个依靠。论身份，她仍然是卫国的太后，但是，这只是一个泥菩萨的虚位，内里无论如何都是虚的。

这时候再回头去看《硕人》，你会发现，这真是一个看到了开头，却猜不到结尾的悲剧故事，这种故事我们的古人见多了，还总结出了一个"红颜薄命"的成语。庄姜确实红颜薄命，但是，她跟一般的薄命红颜还不一样，因为她写诗。

在那些备受冷落、倍感煎熬的日子里，她一直在写诗。写什么呢？如果我们相信南宋大理学家朱熹的推测，现存的《诗经》中，有五首都是她写的。她说"终风且暴，顾我则笑。谑浪笑敖，中心是悼"，风儿猛吹多狂暴，有时冲我笑一笑，一会儿调戏一会儿闹，让我内心更寂寥。这是讲丈夫善变的。她还说，"薄言往愬，逢彼之怒"，我打算跟他去倾诉，没想到正赶上他暴怒。这是讲丈夫暴躁的。她又说，"日居月诸，下土是冒。乃如之人兮，逝不相好"，太阳月亮放光芒，光辉普照大地上，可是竟有这种人，背义和我断来往。这是讲丈夫无情的。但是，无论丈夫如何，她终究不只是一位妻子，她更是春秋时代一个背负着政治联姻使命的王后，她不会，也不应该随着丈夫的节奏翩翩起舞。所以，她说"我心匪石，不可转也！我心匪席，不可卷也！威仪棣棣，不可选也！"什么意思呢？我心并非卵石圆，不能随便来滚转；我心并非草席软，不能任意来翻卷。雍容娴雅有威仪，不能荏弱被欺瞒。这一篇叫作《柏舟》，后来，人们一直用它来讲节妇的操守，再到后来，人们甚至用它来代表烈士的决心。

甚至到她的儿子卫桓公死后，她还在写诗。那时候，来自陈国的厉妫已经在卫国待不下去了。她的亲生儿子死了，她的外甥卫桓公也死了，她又不是正妻，更没有依傍，就决定回到母国陈国去。这时候，庄姜亲自到郊外去送她，写道："燕燕于飞，差池其羽。之子于归，远送于野。瞻望弗及，泣涕如雨。"燕子燕子飞翔，参差舒展翅膀。妹妹今日还家，相送郊野路旁。瞻望不见人影，泪落纷纷如雨。当年，厉妫得宠的时候，庄姜未必没有伤感过，可是，两人毕竟又一起经历了那么多风风雨雨，所以，庄姜最后送给她的，不是我们在后宫戏中看到的那种你死我活的仇恨，而是一种相濡以沫的温存。"之子于归，远送于野"，这是一种多么深沉的感情啊！所以，历来对庄姜的评价，都不仅仅是美，而是既美且贤。

可能有人会觉得，庄姜太完美了，既美丽，又贤德，还那么有才华，完美得这个世界都装不下了，所以才更不容易得到幸福吧。这真是一种误会，而且，现在好多人不负责任的宣传又在加深着我们的误会。在这样的观念之下，很多母亲甚至都在教导自己的女儿，你不要那么完美，那么强大，那样会把人吓跑。但事实并不是这样。庄姜的悲剧，并不来自她的完美，而是来自她的时代。事实上，她一直用完美来对抗命运。她的对抗当然没有成功，但是，她毕竟为自己留下了痕迹，这痕迹，便是直到今天还广为传颂的《硕人》《柏舟》《燕燕》。从这个角度来说，美和优秀绝不是女性的负累，恰恰相反，它是女性的力量，有力量才能抓铁有痕，否则，庄姜的故事为什么能穿透那么漫长的岁月，一直流传到今天呢？

孟母

教子辛勤断织丝，
古来慈母却严师

本文的主人公，是中国古代最了不起的单亲妈妈孟母。

孟母生活的年代，在中国历史上称为战国时代，这个时代跟庄姜生活的春秋时期又有很大不同。春秋时期，贵族的势力还很大，庄姜是诸侯之女，诸侯之妻，她们更像是诸侯国政治外交中的一枚棋子，而不是操心着茶米油盐，品味着生活艰辛的普通人。但是孟母不一样。她身处战国时代，贵族制度已经日渐没落。就拿他们家来说吧，孟母姓仉，号称是鲁国贵族党氏之后，但是本家早已没落，关于她的父母兄弟，我们都一无所知。她的丈夫，也就是孟子的父亲，号称是鲁国贵族孟孙氏的后裔，但是也已经没落，而且为生活所迫，背井离乡，迁到了邹国。也就是说，孟母一家，虽然祖上曾经阔绰，但真实的生活，就像如今在大城市里打拼的小镇青年一样，赤手空拳，无依无靠。这样的小家庭没有后盾，最禁不起意外。可是，意外却偏偏降临了。据说孟子三岁的时候，他的父亲因病去世。孟母一个人带着孩子，既要养家，又要育幼；而且，既指望不上娘家，也指望不上婆家，是不是像极了如今处境狼狈的单亲妈妈？

　　但孟母并非一般的单亲妈妈，她是中国历史上最了不起的单亲妈妈。这"最了不起"四个字，有几个指标可供参考。中国古代有"贤良三母"的说法。哪三母呢？亚圣孟子的母亲孟母；三国时期进了曹营，却一言不发的徐庶的母亲徐母；还有为抗金英雄岳飞刺下"精忠报国"四个大字的岳母。孟母位列贤良三母之首。后来，中国又有"四大贤母"的说法，哪四大贤母呢？第一还是孟母；第二是东晋名将陶侃的母亲，截发留宾的陶母；第三是北宋名臣欧阳修的母亲，画荻教子的欧母；第四是刺字的岳母。在这个序列里，孟母仍然位列榜首。再看一个指标。明清时代的小孩子发蒙读书，要从《三字经》读起。《三字经》开篇就说："人之初，性本善。性相近，习相远。苟不教，性乃迁。教之道，贵以专。昔孟母，择邻处。子不学，断机杼。"孟母是整本《三字经》中出现的第一个榜样人物。小朋友只要上过一天学，就能知道孟母。贤良三母之首，四大贤母之首，《三字经》中的第一个榜样人物，培养出了中国儒学史上仅次于孔子的亚圣孟子，这还不算了不起吗？可能有人会认为，孟母能得到这些荣誉，不就是因为她生了一个好儿子吗？此言差矣。孟母不是生了一个好儿子，而是教育出一个好儿子。换句话说，不是儿子成全了她，而是她成全了儿子。作为佐证，我讲几个小故事。

第一，孟母三迁。这个故事流传最广，几乎是家喻户晓。据说，孟子小的时候，家住城外的乡下，附近有一片坟地，每天都有人在那儿挖坑掘土。死者的亲人披麻戴孝，哭哭啼啼，而吹鼓手呢，则是吹吹打打，热闹非凡。孟子跟所有的小孩子一样，喜欢模仿。他看到这些情景，也学着大人的样子，一会儿假装孝子贤孙，一会儿又假装吹鼓手。孟母看见了，就说："这可不是我儿子应该待的地方！"于是赶紧带孟子搬家了。搬到哪里了呢？从乡下搬到了城中的市场。战国时期，商业已经相当发达，孟子住的那条街十分热闹，有卖杂货的，有做陶器的，还有榨油的、打铁的、杀猪的。行商坐贾，高声叫卖；人来人往，熙熙攘攘。孟子又很感兴趣，整天跟邻居的小孩一起，不是学着商人谈生意，就是学着屠夫杀猪宰羊。孟母看见了，又说："这可不是我儿子应该待的地方！"于是，他们又搬家了。这一次，他们搬到了学宫附近。学宫是官办的学校，每月初一十五这两天，都有官员到这儿来主持仪式，行礼跪拜。孟子见了，也跟着学起了制礼作乐，打躬作揖。孟母说："这才是我儿子应该待的地方呀！于是就在这儿定居下来。这就是人所共知的'孟母三迁'。"

可能有人会想，这不就是学区房的故事吗？没错，这还真是最早的买学区房的故事。为什么庄姜不用买学区房？因为她是贵族，国家的教育体系就是为她们的孩子量身定做的，她们的孩子受完教育，长大以后接着当贵族。但是孟母不一样，她的孩子说得好听点叫没落贵族，说得实在点，就是一介平民。既然曾经是贵族，那就不甘心不受教育；既然已经沦落成平民，那就必须得自己为自己负责，也为下一代负责。想想看，战国时代，有多少没落贵族啊，而孟母就是在那个历史大转折时代，率先意识到这个时代趋势的人。她没法给孩子挑出身，但是，她愿意尽自己最大的努力，帮孩子挑环境。孔子说得好："性相近也，习相远也。"人出生时本性都是相似的，为什么长大之后各不相同呢？那是因为后天习得的东西不一样。人都是社会动物，不可能不受社会环境的熏染。而小孩子的人生观世界观尚未形成，尤其容易受环境影响。这就是我们常说的"近朱者赤，近墨者黑"。当年，孟母迁来迁去，最后在学宫旁边给孟子安了一个家，孟子由此耳濡目染，最终走上儒家的道路，直至成为影响力仅次于孔子的亚圣。是孟母的眼界，给了儿子方向。所以说，不是儿子成全了孟母，而是孟母成全了儿子。

第二，断机教子。再大的圣人，也有小的时候；再好的孩子，也有淘气的时候。孟子上学之后，也曾经不爱读书。有一天，他逃学回到家里，被正在织布的孟母发现了。孟母就问他：今天学到什么了？孟子也没当回事，随便回了一句：还不是跟昨天一样。孟母一听就发火了，拿起剪刀，把正在织的布一剪两段。孟母就是靠女红针黹养家糊口的，剪断布匹，不就等于砸了饭碗吗？！孟子饶是年幼，也意识到母亲这次是真的生气了，赶紧跪下来，听母亲教训。孟母说："你念书三天打鱼两天晒网，就和我剪断这没织完的布一样啊。这布断了，就成了卖不出去的废品；你读书不能持之以恒，也就成了一瓶子不满，半瓶子晃荡的废人！我为什么让你去读书长学问？不就是因为学才能有见识，问才能长智慧吗？有了见识和智慧，你才能够居则安宁，动则远害，一举一动都不会出错。如今你不愿意学习，日后也不会有出息，我这么辛苦织布还有什么意义呢？"孟子听后深受震动，从此乖乖读书，再也不敢三心二意了。这就是大名鼎鼎的"孟母断机"。东汉的时候，著名的贤妻乐羊子妻也拿同样的方法教育过自己的丈夫。

这个故事的意义在哪里？如果说孟母三迁的意义在于挑环境，那么，孟母断机的意义就在于严训导。大凡做了母亲，没有不爱孩子的，特别是单亲妈妈，更是唯恐孩子受一丁点委屈。但是，这样一来，就容易犯有慈无威的毛病了。有道是慈母多败儿，就是有慈无威的后果。但是孟母不一样，她是个明白人，知道学习没有不吃苦的，再喜欢学习的孩子，面对每天烦琐的功课，也有想偷懒的时候。而一旦偷懒形成习惯，学业必然荒废。这时候，需要的不是体谅，而是训导。孟母又是个坚毅的人，知道不是所有的时候都需要春风化雨。当母亲的要有菩萨心肠，也要有金刚手段。什么叫金刚手段？不是打，也不是骂，而是壮士断腕，触及灵魂。孟母让孟子明白：我断机是毁掉一块布，你不好好学习是毁掉自己的人生，你真的想让自己毁掉吗？正是这种极端的方式，让孟子无地自容，也让孟子痛改前非。所以，明朝的著名清官徐炳拜谒孟母祠，才会写下那首诗："教子辛勤断织丝，古来慈母却严师。孔门不绝如线绪，延续绵绵在此时。"时至今日，身兼严师的慈母仍然是中国母亲的典范。

这两个故事，其实都是孟母教育小孟子的故事，很多当代的虎妈早就在学，而且已经身体力行了。但是，做母亲不是阶段性的事业，而是终身事业。就我个人来讲，我更欣赏孟母面对成年孟子的态度，这里也讲两个小故事。

第一是劝子容妇。孟子成年之后，也像一般人一样娶了妻，成了家。有一年夏天，天气很热，孟子推门进屋，发现妻子居然衣衫不整，箕踞而坐，孟子立刻勃然大怒。为什么他会因为这样一点小事生气呢？要知道，在先秦诸子百家之中，儒家是最讲礼的，要求人衣冠整齐，站有站相，坐有坐相。怎么坐才合乎礼仪呢？中国古代的标准方式是屈膝跪坐，而箕踞则是叉开腿坐着，是一种很无礼的姿势。当年，荆轲刺秦王不成，不就箕踞而坐，来表示对秦王的羞辱吗？孟子既然是儒家传人，怎么能容忍妻子如此无礼呢？当即就要休妻。妻子吓坏了，赶紧去找孟母，求婆婆劝劝丈夫。孟母怎么劝呢？她说："夫礼，将入门，问孰存，所以致敬也。将上堂，声必扬，所以戒人也。将入户，视必下，恐见人过也。今子不察于礼而责礼于人，不亦远乎！"什么意思呢？孟母说，你要求媳妇讲礼，那你自己讲没讲礼呢？孟子说，我当然讲呀，我从来不袒胸露背，也从来不箕踞而坐。孟母说，你这只是一部分礼。我再告诉你另一些礼。礼要求人怎么做呢？进大门之前，先要问问谁在，这是对主人的尊重。要进客厅，先要高声告诉人家我来了，这是让人有所准备。要进入内室，视线要先往下看，别直勾勾地盯着人家，这是为了避免看见不该看的东西。现在你到你媳妇的卧室，也不先说一声，让她根本没思想准备，这才衣衫不整，箕踞而坐。你说，这是谁无礼？明明是你无礼在先，你却要怪你媳妇无礼，还要休了她，这不是本末倒置吗？孟子一听，觉得有道理，就不再较真了，夫妻俩继续好好过日子。

不得不说，孟母这件事做得太有风范了，她是真的知道怎么面对儿子的小家庭。在中国，婆媳关系自古就是个难题。很多婆婆会隐隐约约把儿媳妇当敌人，觉得儿媳妇抢走了自己的儿子。

尤其是单亲妈妈，和儿子相依为命，更容易排斥儿媳妇。所以，在中国古代，婆婆往往成了休妻的主导力量。比如，《孔雀东南飞》里的焦母，始终无法容忍儿媳刘兰芝；而南宋陆游休妻，也是因为陆游的母亲接受不了唐婉。但是，孟母不一样，她不仅不挑起事端，反而会在关键时刻站在儿媳妇这一边，她知道，维护小家庭的利益才是维护儿子的核心利益，这不仅是一种善良，更是一种智慧。

但是，智慧并不意味着和稀泥。事实上，孟母在处理这件事情时有坚定的原则，那就是儒家的仁和礼。礼是什么？礼是形式。仁是什么？仁是内容。孟子要求媳妇端端正正，其实是希望媳妇尊重他。可是，儒家认为，尊重是相互的，"己所不欲，勿施于人"。你不喜欢被别人无礼对待，为什么要先无礼地对待别人呢？再说，礼是为仁服务的，什么是仁？孟子说得好，"仁者爱人"。你为了一点失礼就休妻，这怎么叫爱人呢？如果不能爱人，不能行仁，要礼又有何用呢？孟母从这个角度点化孟子，这不是和稀泥，而是不教条。她的观点和儿子一点也不冲突。只是，她比儿子更宽容，也更变通。而宽容和变通，不正是成年人面对现实生活，最应该具备的素质吗？我们经常说有智慧的老人要学会体面地退出，这当然正确，但是未免太消极。其实，有智慧的老人不仅应该学会体面地退出，还应该学会体面地介入。介入和退出都不绝对，关键问题是体面。而所谓体面，也就是合适。在合适的时候介入，也在合适的时候退出，这才是孟母的智慧。

再讲最后一个故事——从子之志。孟子成年之后，非常希望能够推行自己的政治主张。但是，当时他所在的齐国不给他这个机会。倒是西边的宋国国君，对孟子的学说很感兴趣。孟子想到宋国去，但是，又担心母亲年事已高，无人照料。怎么办呢？俗话说"知子莫如母"，孟母主动跟儿子表态了。她说："夫妇人之礼，精五饭、幂酒浆，养舅姑，缝衣裳而已，故有闺内之修，而无境外之志……以言妇人无擅制之义，而有三从之道也。故年少则从乎父母，出嫁则从乎夫，夫死则从乎子，礼也。今子成人也，而我老矣！子行乎子义，吾行乎吾礼。"大意是说，在古代，做一个妇人，就是要精于饮食，擅于酿酒，奉养公婆，缝补衣裳而已。所以，有闺房内的修为，但是没有四方之志。也正因为如此，女人有三从之义，没有自专的道理。三从是从谁呢？小的时候从父母，出嫁之后从丈夫，丈夫死后从儿子。如今你已经成年了，而我也老了。你就行你的大义去吧，我会谨守我的行为准则，也会遵从你的志向。时下的我们，当然不必赞同孟母关于女性自身定位的这番议论，但是，我们却不得不佩服孟母对儿子的放手：你既然志在四方，那我放手让你去好了！一番话说得孟子豁然开朗，也跟他的前辈孔子一样，去周游列国去，最终成就了自己的人生。

这个故事好在哪里？好在对儿子的真正理解和尊重。时至今日，仍然有很多人抓住儒家"父母在，不远游"的古训，规劝着子女，也束缚着子女，剪断子女的翅膀，也拉低他们的天空。但是，生活在两千多年前，一辈子不出闺门，把一生希望都寄托在儿子身上的孟母知道，儿子不是自己，爱也不是绑架。孟母把自己说得很小，似乎只是个小女子，其实，她的心里有星辰大海，所以，她才让孟子看见了星辰大海，也发展了儒家思想的星辰大海。

明朝的时候，山东监察御史钟化民循例拜谒孟庙，却又不拘泥于祭祀孟子，而是饱含深情，写下了一篇《祭孟母文》："人生教子，志在青紫。夫人教子，志在孔子。古今以来，一人而已。"大意是说，别人教育儿子，瞄定的目标都是大富大贵，大红大紫；而夫人教育儿子，瞄定的目标却是圣人孔子。古往今来，夫人这样的人格也是绝无仅有的。从最初的成子之志到最终的从子之志，孟母从未把青紫之贵放在眼里，相反，她介意的永远是儿子怎么做人。而做人，正是孔子之学的核心，也是中国文化的精髓。孟母不是儒学大师，她只是一个抚孤的寡母，但是，她能从小处而见大节，由教子而教万民，这当然称得上"古今以来，一人而已"。

第二章

秦汉风华

她活得骄傲，也死得决绝；
她是纤纤弱质，却也是凛凛忠良。

虞姬

　　春秋战国之后，中国进入了大一统的时代。如果说，春秋是在争霸，战国是在争雄，那么秦汉以后，最高级别的争夺，就是争天下了。由平民而争天下，最早的案例就是刘邦和项羽。从功业的角度看，赢的自然是刘邦，他赢得了两汉四百多年的江山；但是，从审美的角度看，赢的却是项羽，千载之后，英雄末路，霸王别姬的故事，还在江湖与庙堂之间口口相传。本文的主人公，就是霸王别姬的女主角——虞姬。

　　说到虞姬，大家大概会觉得，她姓虞，而"姬"则是美女的代称，"虞""姬"合在一起，恰恰是虞美人。是不是这样呢？未必如此。《史记·项羽本纪》记载："有美人名虞。"也就是说，这个"虞"字，不是她的姓，倒是她的名。而"姬"呢，既可以是女性的代称，也可能是姓，毕竟周朝的国姓就是姬姓，从周朝分化出去的吴国、鲁国、燕国、卫国、晋国、郑国、曹国、蔡国等诸侯国，也都是姬姓。既然如此，如果说虞姬是姓姬名虞，也不是完全没有可能。我为什么要写这些呢？其实倒不单单是为了辨别虞姬的姓名，我只是想说，史书中有关虞姬的记载其实少得可怜，连姓名都弄不清楚，更不用说她仙乡何处、芳龄几何、因何认识项羽等人生细节了。我们真正看到她的那一刻，恰恰是她人生的最后一刻，那一刻，用一个成语概括，就是霸王别姬。

要讲清楚霸王别姬这件事，还得先从秦末大乱说起。秦朝末年，群雄并起。当时，楚国的江湖声望最高，各路豪杰都尊奉楚怀王的孙子为领袖，仍然号称楚怀王。这位楚怀王跟各路诸侯约定，"先入定关中者王之"。谁先打到关中地区，拿下秦朝的都城咸阳，谁就当皇帝。这本来是个大家都认可的约定，可是没想到，在执行过程中出现了意想不到的问题。什么问题呢？项羽功劳大，而刘邦入关快。当时，项羽率领的是主力部队，一路向北打，对抗秦军主力。他们破釜沉舟，一举消灭了几十万秦军，让秦朝再也没有翻盘的机会。所以说，在推翻秦朝这个事情上，项羽功劳最大，他在各路诸侯之中威望也最高。而刘邦呢，率领的是余众，也就是项羽剩下来的部队和沿路收编的军队，一路往西打。秦军主力不都在对付项羽吗？所以刘邦根本没打什么像样的大仗，顺顺利利就进了咸阳，接受了秦王子婴的投降。如果按照当初楚怀王的约定，刘邦就算是捡了一个皇帝。这样的结局，项羽怎能接受呢？他马上也率领军队入关，还给刘邦设下鸿门宴，其实就是想在宴会上结果了刘邦。可以想象，如果鸿门宴按照项羽的预期发展，刘邦被杀，项羽称帝，整个中国的历史就得改写了。但是，真实的历史并没有按剧本来演，鸿门宴上，刘邦凭借自己的谦卑，凭借一帮朋友的维护，当然，更凭借项羽的一念之仁，逃出生天。

事情发展到这一步，楚怀王当初的约定也就不算数了。项羽重新设计了一套方案，自立为西楚霸王，定都彭城，也就是今天的徐州。此外又分封了十八个诸侯王，其中，刘邦被封在汉中，称汉王。

这次分封把项羽的弱点暴露无遗。他会打仗，但是不会搞政治。要知道，秦朝已经实行了郡县制，就是最上面有一个皇帝，是绝对权威；皇帝之下，地方分成郡、县两级，长官听凭皇帝调度。君强臣弱，这样的政权比较稳定。项羽放着这么好的制度不用，偏要重走西周分封的老路。可是，西周分封的都是皇帝的子弟亲戚，好歹还有亲情维系，而项羽分封的，却是一帮有实力的军阀，这些人怎么可能安分守己呢！所以，分封没多久，天下就乱起来了，汉王刘邦也趁机明修栈道，暗度陈仓，冲出巴蜀，重新回到了政治舞台的中央。这样一来，楚汉战争就开始了。

楚汉战争到底打得怎么样呢？简单说来，就是项羽刚愎自用，虽然经常打胜仗，但是朋友越打越少；而刘邦知人善任，虽然经常打败仗，但是朋友越打越多。有道是"得道多助，失道寡助"，四年之后，项羽最终被刘邦围困在了垓下，也就是今天安徽的灵璧。就在这个地方，就在这个情境下，史书中有关霸王别姬的记载出现了。这段记载出自《史记·项羽本纪》：

项王军壁垓下，兵少食尽，汉军及诸侯兵围之数重。夜闻汉军四面皆楚歌，项王乃大惊，曰："汉皆已得楚乎？是何楚人之多也！"项王则夜起，饮帐中。有美人名虞，常幸从；骏马名骓，常骑之。于是项王乃悲歌忼慨，自为诗曰："力拔山兮气盖世，时不利兮骓不逝。骓不逝兮可奈何，虞兮虞兮奈若何！"歌数阕，美人和之。项王泣数行下，左右皆泣，莫能仰视。

什么意思呢？西楚霸王项羽在垓下安营扎寨，兵力很少，粮食也快吃光了。刘邦和其他诸侯王的军队已经把他重重围困起来。夜里，项羽听到包围他的汉军营里居然响起了楚地的歌声，不由得大惊失色。"难道刘邦已经拿下楚地了吗？为什么他的士兵里有这么多楚人？"听着四面楚歌，再想想自己当年分封诸侯的风光，加上如今十面埋伏的绝望，项羽不由得悲从中来，命人拿酒。他举起酒杯，四下环顾，此时此刻，还有谁在身边陪伴着他呢？没有什么亲近的人了，只有一位常年追随着他的虞姬，此刻就在身边；还有一匹多年的坐骑乌骓马，静静地立在帐外。面对这一人一马，项羽慷慨悲歌："我力量能拔山啊，我气概能盖世。可惜时运不济啊，乌骓马也不再奔驰。乌骓不走啊，我有什么办法？虞姬、虞姬啊，我又该拿你怎么办呢？"项羽就这么一遍一遍地唱，虞姬呢，就一遍一遍地和，这一唱一和之间，已经有不少将士围过来了，项羽涕泗纵横，左右更是呜咽流涕，一片悲声。

大家不要小看这段材料，搜遍正史，有关虞姬的全部记载，其实就是这么一段话而已。这段话，司马迁写得特别生动，英雄末路，美人穷途，让我们在两千多年后都觉得如见其人，如闻其声，如临其境。但是，也是这段话，引出了有关虞姬的四大疑问。

第一，虞姬跟项羽，到底是什么关系？她是项羽的妻子吗？

两千多年来，一说到霸王，人们就会想到虞姬；一说到虞姬，人们也必然会想到霸王。很多人都以为，他们是一对夫妻。是不是呢？从这段记载看来，应该不是的。司马迁写得很清楚，"有美人名虞，常幸从"，也就是说，有一个叫虞的美人，最受宠幸，一直跟着他。这个说法一看就不是正妻，而是侍妾，相当于刘邦身边的戚夫人。当年，戚夫人不也是因为能歌善舞，才能追随在刘邦身边吗？相反，吕后倒是一直守在老家，养儿育女。直到大局已定，才回到刘邦的身边。事实上，不仅刘邦如此，项羽也是如此。项羽是有妻子的，我们虽然不知道她姓甚名谁，但是，根据史书记载，项羽用人常带私心，重用的都是他自己的本家和妻子的娘家人。可见他必定有妻子，还很看重妻子。看到这里，可能很多当代人都觉得难以接受，但这其实正是当时夫妻关系的常态：正妻是主持家政的，要坚定地守着家，不能跟丈夫到处跑，她也许得不到相濡以沫的爱情，但往往因此练就了一身独当一面的本事。相反，侍妾是跟在丈夫的身边服侍他的，两个人出生入死，情投意合，但是，这种爱情没有名分，这个侍妾也没有地位，所以项羽才会把她和宝马相提并论。这么说真让人难过，但是，历史上的爱情就得活在历史中，而不是真空里。

第二，四面楚歌中，项羽唱起了"力拔山兮气盖世，时不利兮骓不逝"，虞姬也跟着和起来。那么，虞姬的"和"是仅仅跟着唱呢，还是另外有词？如果我们遵从《史记》的记载，便是"歌数阕，美人和之"。也就是说，虞姬只是跟着唱，并没有自己再唱新词。但是，根据西汉另外一位文学家陆贾所著的《楚汉春秋》，虞姬的和歌是有新词的，这歌词就是大名鼎鼎的《和垓下歌》，又叫《和项王歌》："汉兵已略地，四面楚歌声。大王意气尽，贱妾何聊生！"什么意思呢？汉王刘邦的军队已经攻占了楚国的土地，四面八方都传来令人悲哀的楚歌声。既然大王你的英雄气概已经消磨殆尽，贱妾我为什么还要苟且偷生！这首歌也罢，诗也罢，写得真好，恰如其分地回应了项羽的顾虑。项羽不是说"虞兮虞兮奈若何"吗？很明显，他对虞姬是有顾虑的。面对四面楚歌，也许他已经在考虑突围这条出路，可是，自身杀出重围也就罢了，如果带上虞姬，又有多大的把握呢？反过来说，如果不管虞姬独自逃生，那又怎能称得上英雄，怎能对得起她这么多年的深情！看出项羽的为难与不舍，虞姬发话了："大王意气尽，贱妾何聊生！"既然事已至此，我又何必苟且偷生呢！据《楚汉春秋》记载，虞姬和歌之后，便拔剑自刎，以死回报项王的爱情，以死解除项王的牵挂，也以死表明自己的心志。这正是后来霸王别姬的流行版本。

问题是，这首歌是不是真的呢？很可能不是。一个很重要的理由就是，虞姬生活的那个时代还没有如此成熟的五言诗。那个时代的诗是什么样子的呢？对比一下项羽的那首《垓下歌》就知道了："力拔山兮气盖世，时不利兮骓不逝。骓不逝兮可奈何，虞兮虞兮奈若何！"是不是很不一样？此外，项羽的老对手刘邦也写过一首《大风歌》："大风起兮云飞扬，威加海内兮归故乡，安得猛士兮守四方！"很显然，这首《大风歌》和《垓下歌》一样，都是骚体诗，中间带一个"兮"字，每一句的字数并不固定，这才是秦汉之间诗歌的大体模样。而这首《和垓下歌》跟这两首诗太不一样了，这样成熟的五言诗，那个时代的人还没见过，更不可能写出来。所以很多人，包括司马迁都认为，这不是虞姬写的，是后人模拟着她的心情和口吻，替她写的。

　　第三，虞姬和歌之后，到底有没有自刎而死？众所周知，虞姬自刎可是霸王别姬的重头戏，我们历来看京剧也罢，看电影也罢，这一幕都是高潮，这还有什么疑问吗？当然有。如果我们相信《楚汉春秋》的故事，虞姬唱了"贱妾何聊生"之后，确实就应该自刎而死。可是，如果我们相信《史记》的说法，虞姬只是和着项羽唱了《垓下歌》，那么，我们就不知道虞姬后来到底如何了。事实上，司马迁也确实什么都没有写。换句话说，至少，虞姬自刎而死是存疑的。

　　这样一来，第四个问题也随之出现：既然有这么多疑问，为什么霸王别姬的故事还能流传那么广，那么深入人心呢？我想，这之中最重要的因素，可能并不是历史事实，而是我们的心情。我们中国的古人，其实是不以成败论英雄的。事实上，我们往往更同情那些失败的英雄。就像项羽，谁不知道他有一身的毛病呢？他不仅政治上幼稚，用人也没有眼光。号称国士无双的韩信，原本是他手下的将军，后来却投到刘邦阵营；他只有一个谋士范增，却又不能信用，最后范增也离他而去。这样看来，他兵败垓下，自刎乌江，不是咎由自取吗！相反，刘邦倒是一个颇有作为的皇帝，他曾经说过："夫运筹策帷帐之中，决胜于千里之外，吾不如子房；镇国家，抚百姓，给馈饷，不绝粮道，吾不如萧何；连百万之军，战必胜，攻必取，吾不如韩信。"他也许没有那么强的个人能力，但是，他能做到知人善任，让一众人才都为他所用，这难道不是一个好皇帝吗？可是，就算我们知道刘邦在政治上是成熟的，项羽是不成熟的，我们还是忍不住嫌弃刘邦的算计和凉薄，反过来喜欢项羽"力拔山兮气盖世"的英雄气概，喜欢他吟唱"虞兮虞兮奈若何"时候的铁汉柔情，更喜欢他"不肯过江东"的骨气和骄傲。我们觉得，这种失败的英雄也是英雄，甚至更是英雄。

我们不仅这样看待项羽，也这样看待虞姬。虞姬是一个美女，我们希望她不仅仅容貌美，舞姿美，更有灵魂美，我们希望她能配得上项羽这样一个英雄，希望她有绝对的骄傲，绝对的刚烈和绝对的痴情。她懂得自己的身份和使命，她不仅不能给项羽增添实际的麻烦，甚至也不能给项羽增添精神的负担，所以她才要自刎而死，她的死是对项羽的成全，也是对自我的升华。因为她的自刎，我们不仅把她视作一个绝色的美女，更将她视作一个殉主的忠臣。这也正是中国古代对女性身份的设定，对两性关系的设定。这样的设定在倡导男女平等、夫妻平等的今天已经不被认可，但是，在漫长的古代，它却是夫妻关系的主流价值，也是君臣关系的主流价值。换言之，是一代又一代的人，按照自己的价值观重塑了虞姬的故事。这样的故事，你不能说它是真的，但也不能说是假的，因为它代表了一种真实的民族心情，至少是一种曾经的民族心情。

据说，虞姬死后，被她的鲜血浸染过的土地上生出了一种草花，它的花朵特别娇艳，而花枝却又那么柔软，即使没有风也会摇摆婆娑，仿佛是美人在翩翩起舞。人们都说，这花就是虞姬的化身，于是，就管它叫虞美人。后来，《虞美人》成了一个词牌的名字，南唐后主李煜用这个词牌写下一首千古绝唱："春花秋月何时了？往事知多少。小楼昨夜又东风，故国不堪回首月明中。雕栏玉砌应犹在，只是朱颜改。问君能有几多愁，恰似一江春水向东流。"李煜是亡国之君，他投降了宋朝，被宋朝的皇帝软禁起来。他深爱的妻子小周后，据说也成了宋朝皇帝的玩物。他夜不能寐，写出了这首凄楚的《虞美人》。这首词写完，他的生命也随之结束，据说是被宋太宗毒死的。我想，李煜的文学才华，虞姬自然无法比拟，但是，我们希望，真正的虞美人——虞姬绝不会像李煜那么软弱，虞姬是一个烈性女子，她活得骄傲，也死得决绝；她是纤纤弱质，却也是凛凛忠良。

卓文君

　　作为一个强大的王朝，汉朝的人才班班可考。这其中最能代表时代特性的，是刚猛雄毅的男性和自由奔放的女性。如果给这个时代的男女各挑一个形象代言人，那么，我会让凿空西域的张骞来代表男性，而让当垆卖酒的卓文君来代表女性。不过，虽说文君当垆的故事广为人知，卓文君的历史定位可不是酒吧女郎，她有一个闪闪发光的头衔——中国古代四大才女之首。

　　所谓古代四大才女，有两种说法，一种是卓文君、蔡文姬、上官婉儿、李清照，还有一种说法，是卓文君、班昭、蔡文姬、李清照。无论哪一种说法，卓文君都当之无愧，位列榜首。中国古代的才女多以诗才见长，而卓文君的才华，乃至卓文君的人生，都可以用一句诗来表达，那就是"愿得一心人，白头不相离"。有三个故事可兹佐证。

第一，文君听琴。这其实是卓文君和司马相如的爱情故事。卓文君是蜀郡临邛的冶铁巨商卓王孙的女儿，卓家从战国时期就开始冶铁，到汉武帝时代已然富甲一方，光是家奴，就有八百多人。明智的有钱人都会逐渐长养精神追求，对子女的教育并不放松。卓文君在这样的人家长大，不仅貌美如花，而且还爱好文学，精通音律，是个典型的白富美。按说，这样的姑娘，应该嫁个如意郎君，一辈子养尊处优才是。可是，命不由人。卓文君出嫁不久，丈夫就去世了，卓文君年仅十七岁就做了寡妇，只好又回到娘家，整天郁郁不乐。再看司马相如。司马相如是蜀郡成都人，小名叫"犬子"，也就是现在所说的"狗子"，是个很接地气的小名。古代人在名之外还有字。司马相如字长卿，听起来文绉绉的，但就是大儿子的意思，谈不上有什么水平。那为什么我们现在都叫他司马相如呢？因为他羡慕战国时期赵国政治家蔺相如的为人，自己改名为相如。抛开自己改的这个雄心勃勃的名字，单看曾用名，大家一定会感觉到，他和卓文君好像有点不般配，事实也确实如此。跟卓文君相比，司马相如方方面面都差了不少。先看家世。卓文君家富甲一方，司马相如家顶多算是小康人家。小康人家也要给儿子谋个前程，汉朝有赀选的制度，其实就是花钱买官。司马相如家好不容易给他捐了个郎官，就掏空了家底，再无盈余了。再看个人。卓文君聪明伶俐，貌美如花，而司马相如呢？此人虽然有才子之名，但是根据《汉书》记载，他有一个重大缺陷——口吃，而且还患了"消渴病"，也就是今天所说的糖尿病。糖尿病患者往往消瘦，想来司马相如的外貌，应该也没那么讨人喜欢。这样一贫一富、一丑一美的两个人，又不在一个城市，本来不应该有什么瓜葛。但是俗话说得好，千里姻缘一线牵，卓文君新寡不久，司马相如就来到了卓文君面前。

这次见面可不是邂逅，而是名副其实的蓄谋已久。本来，司马相如给汉景帝当郎官，就是宫廷侍卫，也是见习官员。这样的岗位接近皇帝，如果被皇帝看中，前途还是颇为可观的。可是，司马相如的长处是文学，而汉景帝对文学不感兴趣，因此并不看好司马相如。司马相如找不到存在感，干脆辞掉官职，转投到汉景帝的弟弟，爱好文学的梁孝王门下。梁孝王对司马相如印象不错，可是没过多久，梁孝王去世了，司马相如失去主人，成了无业游民，只好回到老家。但是，他家里又没有闲钱，在家乡的日子也捉襟见肘。

怎么办呢？当时的临邛县令王吉是司马相如的朋友，此人急公好义，就邀请他到临邛做客，而且游说他说，我们这儿颇有几户富人，都附庸风雅。我有一计，包你在富人家找到饭吃。两人一番合计之后，司马相如拿出仅有的一点钱置办了一身行头，鲜衣怒马，大模大样地驾临临邛。一见他来，临邛县令王吉诚惶诚恐地跑出去迎接，而且每天都去看望他。司马相如还偏偏不给面子，经常称病不见。可是，他越是不见，王吉就越恭敬。这样一来，临邛富人的好奇心都被激活了。来人是何方神圣，值得我们县令如此巴结呢？临邛首富不是卓王孙吗？他就约了一个饭局，遍请当地富户，还请了县令王吉跟司马相如。

请客那天，一百多号客人恭候多时，王吉也到了，就是不见司马相如。卓家再派人去请，司马相如干脆称病不来了。王吉一听马上说：他不来，我哪敢动筷子呀，还是我亲自去请吧。到底恭恭敬敬把司马相如请了出来。这样一来，卓王孙等人更觉得司马相如神秘莫测，绝非凡人了。一番觥筹交错之后，王吉对司马相如说：早听说长卿雅好抚琴，今日盛会，能否也为我们抚一曲，洗一洗我们的耳朵呢？司马相如微微一笑，挥手叫过小童，捧出一张梁孝王赠送的绿绮琴来。一听说司马相如要抚琴，不仅在座的客人凝神静听，连深闺内院的卓文君小姐也忍不住好奇，悄悄走到屏风背后，想要一睹风采。这一偷听不要紧，卓文君一下子就听呆了，而且深深地爱上了这个抚琴之人。

司马相如抚的是什么曲子呢？很多人都知道，这首曲子名叫《凤求凰》，而且还有唱词："凤兮凤兮归故乡，遨游四海求其凰。时未遇兮无所将。何悟今夕兮升斯堂。有艳淑女兮在闺房，室近人遐独我伤，何缘交颈为鸳鸯。胡颉颃兮共翱翔。"什么意思呢？凤啊凤啊回故乡，遨游四海只为求凰。时运未通啊仍在彷徨，不料今夕竟然登上您家华堂。有个美艳淑女就在闺房，屋近人远虐我心肠，如何才能有缘做一对交颈鸳鸯，比翼双飞，携手翱翔。司马相如深情款款，歌唱爱情，渴求知音，确实符合我们对风流才子的期盼吧？不过，这首琴歌很可能不是司马相如写的，而是后人编的。为什么呢？首先，最早讲到此事的《史记》只记载司马相如抚了几曲，但并没有记载曲名，更没有曲词。直到南北朝时期，才有人把这首琴歌收录到诗歌总集《玉台新咏》里，而这个时间，距离司马相如生活的时代已经过去五百多年了。同时代的司马迁没有记载，五百多年之后却又冒出了这首歌，意味着什么？意味着这首歌很可能是在这五百年之中，有人替司马相如写的。再者，这首歌的内容也有问题。什么问题呢？太赤裸裸了。就像《凤求凰》这个名字一样，一听就是一首求爱的歌。可是，司马相如是在卓文君父亲卓王孙的宴席上抚琴，就算是他心里渴求爱情，也不可能公然在众多宾客面前唱这样的歌吧？这样看来，这首《凤求凰》应该不是真的。

既然这首琴歌不是真的，卓文君为什么一下子就听得入了迷，而且还喜欢上了抚琴之人呢？这就是高山流水遇知音。当年，乐师伯牙鼓琴，打柴的钟子期一听，就说："峨峨兮若泰山。"再弹一曲，钟子期又说："洋洋兮若江河。"伯牙一句话没说，钟子期就明白了他的意思。真正的知音，哪里需要更多的言语呢？卓文君也是如此。没有听琴之前，卓文君早已听说了司马相如的种种事迹，对他不乏浪漫想象；听见了琴声，这浪漫想象等于被坐实了。她不仅听出了司马相如的才华，还听懂了他内心蕴含的深情，这不就够了吗！卓文君是商人的女儿，内心没有那么多规矩顾虑；她又是个富家小姐，总有那么一点任性天真。爱我所爱，无怨无悔，当天晚上，卓文君就抛弃了富甲一方的家庭，也抛弃了那个年代女子的矜持和体面，跟司马相如私奔了。这就是我们一直津津乐道的司马相如琴挑卓文君。

讲完这个故事，一定有人会觉得，司马相如不是什么好人，劫财又劫色。是不是呢？其实还真有那么点意思。先设法接近卓王孙，再设计琴挑卓文君，本来就是临邛县令王吉跟司马相如设计好的一步棋。但是话又说回来，就算是设计，他们俩仍然把宝押在了司马相如的才华和卓文君的知音上。假使司马相如没有才华，就算是得到一个在卓王孙家抚琴的机会，那也是"呕哑嘲哳难为听"，打动不了高傲的文君小姐；反过来说，如果只是司马相如有才华，卓文君却听不懂，那又变成了"对牛弹琴"，仍然成就不了这段浪漫爱情。可事实却是司马相如会弹，卓文君会听，两个人未谋一面，却借着琴声完成了一场心灵约会，而且，还冲破了世俗的障碍，走到了一起。这样看来，琴挑文君这件事虽然是蓄谋已久，但并不猥琐，更不肮脏，相反，它仍然是才子佳人，心心相印，因此也赢得了千古有情人的赞许。茫茫人海，相遇当如许仙过桥，相知当如文君听琴，相守当如尾生抱柱。人生得一知己足矣，余复何求耶！

可是，再美好的爱情，也得经受生活的考验。卓文君不是和司马相如私奔了吗？两个人最后奔回了司马相如的老家成都。可是，到了成都，卓文君才发现，丈夫太穷了，穷得家徒四壁。这时候，再讲什么有情饮水饱就是一句空话了，要活下去，终究还得想点现实的办法。怎么办呢？卓文君是个"有底气"的女儿，她又打起老爸卓王孙的主意了。她对司马相如说，咱们还是回临邛吧，去求求我爸爸，爸爸总不会让我们饿死的。司马相如大概就盼着她说这句话呢，当即又带她回到了临邛，派人找卓王孙斡旋。可是，私奔毕竟太不体面了，卓王孙的气还没消呢，他说，我这个女儿把我的老脸都丢尽了，我不杀她也就罢了，她别想从我这儿拿一分钱！怎么办呢？

这就是我们的第二个故事,叫文君当垆。卓王孙不是不给钱吗?卓文君不急不恼,卖掉了车马,就在卓王孙的眼皮子底下开了一家小酒馆。卓文君每天打扮得漂漂亮亮,在前台招待客人;司马相如则穿起一条犊鼻裈,在里面洗刷酒缸酒碗。什么是犊鼻裈呢?所谓犊鼻裈,有点类似于现在的内裤,或者是日本相扑手穿的兜裆布,非常不正式,也不雅观。女儿抛头露面,当垆卖酒;女婿穿得乱七八糟,操持后厨,这不是明摆着要让当地名流卓王孙下不来台吗?临邛老百姓指指点点,甚至连卓王孙自己的兄弟子侄都纷纷来劝,没过多久,卓王孙终于坐不住了,到底从自己的八百个奴仆中分出了一百个送给卓文君,又给了她一百万钱,还把她留在娘家的衣物财产也都送了过去,只求他们别在临邛现眼了。得到如此丰厚的嫁妆,卓文君跟司马相如当即撤了铺面,风风光光地回到了成都,过起了富足的小日子。

这不就是如今所说的"实力坑爹"吗?确实如此。可是,这就是恋爱中的姑娘呀。《红楼梦》里,贾母曾经借着一出"凤求鸾",发表过一番高论。她说:"(这小姐)只一见了一个清俊的男人,不管是亲是友,便想起终身大事来,父母也忘了,书礼也忘了,鬼不成鬼,贼不成贼,哪一点儿是佳人?"贾母看不上这样的女孩子,但是,深陷爱情之中的女孩子还真就是这样,父母也忘了,书礼也忘了,眼里心里只有一个爱人。旁观者清,往往会产生恨铁不成钢的心情,可是,能够这样投入地爱一次,也算是一种幸福吧?还有一点值得注意,卓文君真是冰雪聪明,她最知道老爸的软肋在哪儿。卓王孙是个好面子的人，当然无法忍受卓文君夫妇在他的地盘丢人现眼；与此同时，卓王孙其实又爱女心切，再怎样也舍不得让宝贝女儿受苦。正因为深深了解老爸的心理，卓文君才搞了"文君当垆"这么一个行为艺术，让卓王孙乖乖地被她牵着鼻子走。现在如果谁家有这么一个刁蛮泼辣的女儿，也还是会像卓王孙一样，气不得，恼不得，打不得，又舍不得吧？就这样，卓文君不仅赢得了爱情，还赢得了财富。

有了钱，司马相如终于可以踏踏实实地施展才华了。这时候已经到了汉武帝时代。汉武帝是个有眼光的皇帝，他看了司马相如的《子虚赋》，慨叹道："太可惜了，我怎么就无缘和如此有才华的人生活在同一时代呢！"身边的人马上说："陛下，写文章的司马相如还活着呀。"汉武帝当即就把司马相如召到身边，陪侍左右，谈论辞赋。有这样赏识他的皇帝，司马相如如鱼得水，又写出了《上林赋》《大人赋》等一系列好文章。汉武帝呢，也越发赏识他。这样一来，司马相如就在长安安居下来，而且还飘飘然地动了纳妾的念头。怎么跟卓文君说呢？据说，司马相如给卓文君写了一封信，上面只写了十三个字："一、二、三、四、五、六、七、八、九、十、百、千、万。"什么意思呢？百千万都有了，就差一个亿，所谓"无亿"就是"无忆"，我已经不再想你了，我已经不再爱你了！这个传说是不是真的？当然不是，这太像文字游戏了，夫妻之间是不会这么沟通的。但是，以卓文君那样的冰雪聪明，就算丈夫什么都不说，她又怎么可能体察不到丈夫已经变了心呢？

这就是第三个故事，文君明志。得知司马相如要娶茂陵妾，卓文君不哭不闹，挥笔写下了一首《白头吟》："皑如山上雪，皎若云间月。闻君有两意，故来相决绝。今日斗酒会，明旦沟头水。躞蹀御沟上，河水东西流。凄凄复凄凄，嫁娶不须啼。愿得一心人，白头不相离。竹竿何袅袅，鱼尾何簁簁。男儿重意气，何用钱刀为？"爱情应纯洁如山上的雪，爱情又该光明像云间的月。听说你对我怀有二心，所以我特来和你决裂。今日咱们最后一次畅饮相会，明天就要像那御沟里的流水。我惆怅地沿着御沟走来走去，看着那沟里的水流各奔东西。当初我毅然离家随君远去，并不像一般女孩出嫁那样哭哭啼啼。我只愿嫁一个感情专一的男子，和他白头偕老永不分离。谁知道那新人拿着竹竿摇了又摇，你就像鱼儿一样随着竹竿跑。做一个男子应当重视情义，失去了情义，再有多少钱也弥补不了！这首诗写得真硬气，作者一点都不像我们想象中的古代中年弃妇。通篇看下来，诗里有委屈，但是没有哀怨；有遗憾，但是没有纠结。从少至长，卓文君毕生追求的，就是"愿得一心人，白头不相离"，这样的爱情来了，就抛家舍业地追；这样的爱情走了，就毫不犹豫地断。她的年华可以老去，她的精神却永远年轻，这样的精神，即使放在现代人身上，都令人仰慕，何况是两千年前的古人呢？现在我们总说"穷养儿，富养女"，仔细想来，卓文君才真的展现出富养的女儿应有的风范：敢恨、敢爱、敢负责，在精神上永远高傲勇敢，是真正的大女主。

据说，司马相如看到这首诗后，回心转意，最终选择跟卓文君终老一生。这白头终老的结局，不是卓文君的运气，而是司马相如的福气。司马相如有才华，有心机，但是没定力。卓文君呢？有才华，没心机，但是有坚守。她这一辈子，爱我所爱，无怨无悔，肩上能挑千斤担，眼中不揉一粒沙。单就爱情而言，司马相如未必担得起她，但是，她担得起司马相如。

班婕妤

常恐秋节至，
凉飙夺炎热

有宫廷的地方，就有怨妇。《哲妇》中的王昭君本来也是个怨妇，但她走了出去，成了和亲使者。而更多的怨妇却终身困在深宫之中，耗尽情感，也耗尽青春。这样的怨妇有多少？根本无人知晓，因为她们没有留下任何痕迹。但是，有一位宫廷贵妇，却把这寥落而幽怨的心情形诸笔墨，让我们不仅知道了她的存在，还意外地收获了一种诗歌题材——宫怨诗。这位才华横溢的宫廷贵妇，是西汉成帝的班婕妤。

说起古代诗歌，有许多题材我们现在还很熟悉。比如边塞诗，我们现在看到解放军战士保家卫国，还会随口吟诵出"黄沙百战穿金甲，不破楼兰终不还"的豪迈诗句；再比如田园诗，我们现在在"钢筋水泥的森林"里打拼累了，仍然会向往"采菊东篱下，悠然见南山"的简朴生活；再比如送别诗，每年到毕业季的时候，一定有人写下"海内存知己，天涯若比邻"的名言来相互砥砺。但是，有一类题材，在古代特别常见，名篇辈出，但如今却很少有人想到了，那就是宫怨诗。为什么呢？因为时代不同，宫怨诗的土壤没有了。

所谓宫怨诗，主题就是描摹宫娥们无宠或者失宠的悲哀。中国古代实行一夫一妻多妾制，落实到皇帝头上，就是除了皇后之外，还有三宫六院七十二妃嫔。这么多妃子只对应着一个皇帝，当然是得宠的少，无宠的多，这就是白居易所说的"后宫佳丽三千人，三千宠爱在一身"。既然三千宠爱在一身，那剩下的人肯定就是无宠的了。这些人青春妙龄，幽闭深宫，怎么可能没有怨恨呢？这是一种怨，叫无宠。还有一种怨，叫失宠。虽然皇帝里偶尔也会有那么一两个情种，但大多数皇帝都是花心的，面对着源源不断选进宫中的美女，他们朝秦暮楚，今翠明红，很少会专情于一人。对那些得宠后又失宠的后妃来说，她们内心的寂寞和感慨，可能比从未得宠的妃嫔还更深刻些吧。这森严而又冷酷的深宫大内，这美貌而又寂寞的后宫女子，正是宫怨诗得以产生的基础土壤。当然，写宫怨诗的不光是深宫里的女子，更多的还是宦海沉浮的文人，他们觉得，自己怀才而不遇正如宫娥美貌而无宠。他们也写宫怨诗，把自己和皇帝之间的关系比喻成宫娥和君主的关系，尽情抒发着自己的哀怨和渴望。

无论是宫娥写宫怨诗还是文人写宫怨诗，都有一个共同的鼻祖——班婕妤。班婕妤是西汉成帝的妃子，她既是宫娥，也是文人，她留下了中国第一首货真价实的宫怨诗，名为《怨歌行》，又叫《团扇歌》："新裂齐纨素，鲜洁如霜雪。裁为合欢扇，团团似明月。

出入君怀袖，动摇微风发。常恐秋节至，凉飙夺炎热。弃捐箧笥中，恩情中道绝。"什么意思呢？齐地所出的上好丝绢刚刚裁出来，就像那洁白的霜雪。用它制成一把又圆又白的合欢团扇，仿佛是天上的明月。你那么喜欢这团扇，总是把它揣在衣袖间，只要热了就拿出来摇一摇，马上就有清风扑面。可那团扇却总是担心着秋天的到来，担心那凉风会取代夏天的炎热。到那个时候，团扇就会被扔进箱子里，你往日的恩情也就此中断。

事实上，班婕妤的人生，基本上就是按照这首诗展开的。先看前两句："新裂齐纨素，鲜洁如霜雪。"这是在讲什么？讲团扇的出身。这团扇是齐地的丝绢裁剪出来的，而齐纨鲁缟又是中国古代著名的丝织品，这团扇的出身，是多么优秀啊。其实，这不仅是团扇的出身，也是班婕妤的出身。班婕妤是何许人？如今说到"班"姓，大家可能基本无感，但是，两汉时期的班氏，可是鼎鼎有名的高门大族。这个家族出身于芈姓，是楚国王室的后裔。既然出身芈姓，怎么又改成了班姓呢？据说当时楚国的令尹（宰相）子文是由老虎抚养长大的，楚国管老虎叫班，于是，这个家族的后裔也就姓了班。班氏家族在秦汉之际迁到了楼烦，也就是今天的山西宁武，在那边养羊养马，富甲一方。后来，到班婕妤的父亲班况这一代，因为打匈奴立了战功，被授予左曹越骑校尉，这是个不小的武官。既然在朝廷当官，班况就把家迁到了扶风，也就是到了首都地区。父亲做着官，家里又有钱，班婕妤在这样的环境里长大，接受了良好的教育，成功地成为气质超群的京师名媛。这样的好出身，好品貌，不就是"新裂齐纨素，鲜洁如霜雪"吗？这样的姑娘，在哪个时代都是受欢迎的。

接下来就是第二句"裁为合欢扇，团团似明月"了。那么好的丝绢，总要有个好用处吧。这洁白的丝绢被裁成了团扇，像满月一样又亮又圆。同样，班姑娘这样的好人才，也应该有个好归宿呀。班婕妤嫁给谁了呢？她入宫了，先当了少使，后来，又升为婕妤。写到这里大家就明白了，其实，我们并不知道这位班姑娘叫什么名字，之所以叫她班婕妤，是因为她的封号是婕妤，这就好比王昭君的封号是昭君，我们就叫她王昭君一样。婕妤是第几等的妃嫔呢？看看西汉的后宫设置就知道了。西汉的后宫里，除皇后之外，妃子又分为十四等：第一等昭仪，第二等婕妤，第三等婩娥，第四等容华，第五等美人，第六等八子，第七等充依，第八等七子，第九等良人，第十等长使，第十一等少使，以下还有五官顺常等，一共是十四等。班婕妤入宫没多久，就从第十一等的少使晋升为第二等的婕妤，可见是相当得宠的。这就是"裁为合欢扇，团团似明月"。合欢也罢，明月也罢，不正是夫妻爱情的象征吗？

那之后呢？之后就是"出入君怀袖，动摇微风发"了。扇子被郎君放在衣袖之中，只要热了就拿出来摇一摇，享受那令人惬意的凉风扑面。看起来，这男子真是离不开这扇子了。这意味着什么？意味着班婕妤已经从得宠到盛宠了。汉成帝有皇后，还有那么多妃嫔，可是，只有她随时随地和汉成帝待在一起，就像那把"出入君怀袖"的团扇一样。有一个故事，讲的就是班婕妤的这段好时光。据说，汉成帝为了能够与班婕妤形影不离，特意命人做了一辆大号的辇车，这样两个人就可以同车出游了。皇帝这样用心，也算是一番柔情蜜意了吧？可是他没想到，这番美意却遭到班婕妤的拒绝。班婕妤说：我闲来无事，经常看古代留下的那些图画，那图画里面，凡是圣贤之君，都有名臣在侧。只有夏桀、商纣、周幽王那样的亡国之君，才会和嬖幸的妃子坐在一起。你如果和我同车进出，岂不是和他们一样了！这件事后来演化成一个成语，就叫"婕妤却辇"。想想看，班婕妤是多么识大体、顾大局呀，不像个后宫的宠妃，倒像个前朝的谏臣。汉成帝虽然碰了钉子，但又由衷地觉得她有分寸，知进退，因而更宠爱她了。而且，不光汉成帝宠幸她，就连汉成帝的母亲王太后知道了这件事，也连连夸赞，说古有樊姬，今有班婕妤。樊姬是谁呢？樊姬是春秋时期楚庄王的王后。当年，楚庄王沉湎于打猎，玩物丧志，樊姬坚决不吃野味，以此来劝诫楚庄王。楚庄王明白王后的心意，从此一心扑在国事上，终成一代霸主。所以后人都说"楚国所以霸，樊姬有力焉"，樊姬也因此成了贤后的典范。班婕妤又得宠又懂事，不仅赢得了丈夫的爱情，还赢得了婆母的喜爱，而且这一切还不是靠狐媚惑主获得的，而是建立在守礼教、走正道的基础之上，这不仅是班婕妤的福气，甚至可以说是国家的福气了。就在这样的盛宠之下，班婕妤又生下一个儿子，人生的幸福，达到了巅峰。

有道是"月满则亏，水满则溢"。人生就像登山一样，如果攀上了顶峰，那接下来就是走下坡路了。这就是诗里所说的"常恐秋节至，凉飙夺炎热"。班婕妤不是生了一个儿子吗？这小皇子只活了几个月就夭折了，这当然在她的心头刮起了一阵凉风。但是，真正的凉风还在后头。这凉风来自一对姐妹，一个叫赵飞燕，一个叫赵合德。赵飞燕本来是汉成帝姐姐阳阿公主家的歌女，汉成帝到姐姐家做客，迷上了"楚腰纤细掌中轻"的赵飞燕，赵飞燕又引来了自己的亲妹妹赵合德，这两位美女一入宫，很快就被封为婕妤，而且，还在宫中掀起一阵狂飙。这狂飙，是一件巫蛊大案。所谓巫蛊，就是靠诅咒置人死地。《红楼梦》里，赵姨娘伙同贾宝玉的干娘马道婆，用布剪了两个小人儿，写上凤姐和宝玉的八字，再用针扎在小人儿的心口，咒他们死，这就是巫蛊。这种做法在今天属于封建迷信，没人真信，也没人真用。但是在古代，巫蛊却是一种很流行的法术，它号称杀人于无形之中，具有后宫那种暗戳戳、阴恻恻的气质，所以在后宫颇有拥趸者。有人用它诅咒别人，也有人用它罗织罪名，反咬一口。

这一次，班婕妤成了施行巫蛊的嫌疑人，而举报者，则是赵飞燕姐妹。怎么回事呢？当时，赵飞燕姐妹恃宠而骄，首先就得罪了汉成帝的许皇后。许皇后其实并不是一个小气的人，班婕妤得宠，她也并没有为难她。但是，作为一个身份尊贵的皇后，她最多只能容忍班婕妤这样温顺懂礼，大家闺秀型的宠妃，她哪里看得上赵飞燕姐妹那样狐媚惑主的"狐狸精"呢！眼看这对姐妹越来越猖狂，许皇后的姐姐替妹妹着急，就想出一条下策，在寝宫中设置神坛，诅咒赵氏姐妹。这件事很快就被赵飞燕姐妹知道了，她们一不做、二不休，跑到汉成帝那里，控诉许皇后不仅诅咒她们姐妹，还诅咒皇帝。施行巫蛊，诅咒皇帝，这在当时可是重罪。汉成帝一听之下勃然大怒，就此废掉许皇后，把她贬到了昭台宫。本来，这件事到这儿也就结束了，可是赵氏姐妹并不满足，她们还想借此机会，顺手把跟她们品级相当，人品威望都是一流的班婕妤也一并拿掉。怎么拿呢？她们俩诬陷说，班婕妤也参与了巫蛊案。

照理讲，班婕妤在汉成帝身边那么多年，素以知书达理著称，汉成帝还能不了解她的为人吗？可是，就像香港的小说家亦舒调侃的那样，男人的通病就是翻脸不认人，何况这男人还不是一般人，而是一个说一不二，又疑神疑鬼的皇帝！面对汉成帝的诘问，班婕妤伤心欲绝，却也从容不迫。她说："妾闻死生有命，富贵在天。修正尚未蒙福，为邪欲以何望？使鬼神有知，不受不臣之诉；如其无知，诉之何益？故不为也。"什么意思呢？死生有命，富贵在天，我这辈子从来也不做非分之想。我觉得，若是神明有知，它肯定不会答应那些无理要求，若是神明无知，向它祈祷又有什么用呢！所以，我不仅不会搞什么巫蛊，更不屑于搞什么巫蛊！汉成帝就算再昏聩薄情，毕竟心里还有天理二字，终究没有顺着赵飞燕姐妹的意思拿掉班婕妤，反而赐予她黄金百斤，来弥补心中的愧疚。就这样，班婕妤度过了一劫。

可是，尽管如此，班婕妤却也失去了在汉成帝心中的位置。她永久性地退出了汉成帝的生活，最终无宠，无子，了此一生。这不就是诗中所说的"弃捐箧笥中，恩情中道绝"吗！事实上，就是在后来那些寂寞的日子里，她思前想后，写下这首自怜自叹的《怨歌行》。这首诗写得抑扬顿挫，却又哀而不伤，历来认为，这不仅是宫怨诗的鼻祖，更是宫怨诗的典范。从这首诗里，还生发出来一个成语，叫"秋扇见捐"，比喻妇女被丈夫遗弃。再到后来，唐朝的大诗人王昌龄有感于班婕妤的一生，也写了一组宫怨诗，叫《长信秋词》五首，其中第三首最为出名："奉帚平明金殿开，且将团扇共徘徊。玉颜不及寒鸦色，犹带昭阳日影来。"什么意思呢？天色刚亮，就拿起扫帚打扫金殿的尘埃，百无聊赖，我手执团扇对影徘徊。我那美丽的容颜还不如丑陋的乌鸦，它还能带着昭阳殿的日影，款款飞来。昭阳殿是赵合德的寝殿，这昭阳殿的日影，不就是投射到赵家姐妹身上的君恩吗？它也曾投射到班婕妤身上，只是已经转瞬即逝了！

可能有读者会想，这难道就是你要讲的班婕妤的一生吗？这样的故事虽然哀婉，但是也老套，这样的深宫怨女就算值得同情，和我们今天的生活又有什么关系呢？别急，故事还没讲完。《怨歌行》也许可以代表班婕妤的才华，但却并不足以代表她的智慧。事实上，班婕妤不仅仅是个怨妇，她更是一个智者。还是讲两个故事吧。

第一个故事叫作退路。当年，班婕妤还在最得宠的时候，就把侍奉自己的宫女李平推荐给了汉成帝。汉成帝很高兴，对李平说："你别因为自己是侍女出身就自觉低人一等，当年汉武帝的皇后卫子夫也出身微贱，我就封你为卫婕妤，给你长长精神吧。"于是，侍女李平就成了跟班婕妤平起平坐的卫婕妤。那班婕妤难道不嫉妒吗？没有人知道。我们只知道，后来，班婕妤失宠了，卫婕妤却一直留在汉成帝身边。对于曾经出大力帮过她的班婕妤，她一直顾念，也时时照应。

第二个故事还叫退路。巫蛊事件之后，班婕妤的心就冷了，她再也不敢奢望汉成帝的信任，她怕赵飞燕姐妹还会再捅刀子。怎么办呢？当年，汉成帝的母亲王太后不是夸她"古有樊姬，今有班婕妤"吗？这位王太后，就是后来篡汉的权臣王莽的姑姑，是个非常有实力的人。老太太喜欢她，而且还能压得住赵家姐妹。于是，班婕妤就自请到长信宫侍奉王太后去了。在王太后身边，她虽然寂寞，却也安全，赵飞燕姐妹受宠固然没她什么事，但是后来，赵飞燕姐妹失势自杀，也没她什么事。

可能看过《甄嬛传》的朋友会觉得，班婕妤怎么像是《甄嬛传》里走出来的角色？她给皇帝推荐侍女的行为像华妃，依附太后的行为像沈眉庄，她难道也是宫斗的一把好手吗？却又不然。班婕妤是一个深谙宫廷生存之道的人，但是，她并没有利用这种懂得而为非作歹，说到底，她也只是以智自防，以礼自守而已。她用冷静的智慧给自己留了后路，也给整个班氏家族留了后路。这个家族后来又出了修《汉书》的班固，写《女诫》的班昭和出使西域的班超，他们让整个中国历史都有了光彩。也许有人会说，凡是留了后路的爱情，都不是爱情，但是我想，班婕妤真心追求的，本来就不是以生以死的爱情，而是规行矩步的得体——得体的言语，得体的进退，同时也是得体的自我定位。这其实是一个儒士的追求，而班婕妤，就是那个时代的一位女儒士。

西汉绥和二年(前 7)，汉成帝驾崩。班婕妤向王太后提出请求，要给成帝守陵。也许，她终究还是忘不了当初并辇而归的日子吧。一年之后，班婕妤也病逝了，死后，就陪葬于汉成帝陵中。如今，班婕妤的墓还矗立在那里，老百姓叫它"愁娘娘坟"。一直以来，我总觉得，虽说班婕妤以《怨歌行》闻名，但仅仅说她是个幽怨的愁娘娘还远远不够，她其实更符合诸葛亮的那句名言："非淡泊无以明志，非宁静无以致远。"

　　两汉是中国古代儒学发展的重要时代。儒家推重君子，而君子的特点，就体现在君子的修为方式中。这种方式就是《礼记·大学》中所讲的"八条目"：格物、致知、诚意、正心、修身、齐家、治国、平天下。凡是能有这样修为的人，我们就称之为"君子"，这也是中国古代的人格典范。那么，如果有这样修为的人是一位女性，又该如何称呼呢？可能有人会觉得，应该称之为"淑女"吧？"淑女"这个称呼不是不好，但还不够尊贵，在中国古代，更尊贵的称呼是"大家"，在这里，家的读音是 gū 。本文的主人公班昭就是一位被称为"大家"的女性，之所以如此称呼她，是因为班昭几乎可以算是古代妇女中的一位全才，一个完人。

　　为什么说班昭是妇女中的全才，而不说她是才女呢？因为全才跟才女不是一回事。所谓才女，在中国古代一般特指文学才能，比如，卓文君有《白头吟》，蔡文姬有《悲愤诗》，李清照更是一代词宗，这些人都在文学史上留下了名字，都是标准的才女。但要说全才，那就不仅仅是文学才能了。就拿班昭来说吧，此人是文学家，留下了汉赋中的名篇《东征赋》；她还是史学家，继承哥哥班固的遗志，续修《汉书》中的八表和《天文志》，妇女修史，不要说在中国历史上，就是在世界历史上也非常罕见；她又是道德家和教育家，写过著名的《女诫》，这是中国历史上第一部妇女教材，影响中国女性长达两千年之久；她还是政治家，辅佐东汉时期著名的掌权太后邓太后，她死后，邓太后亲自为她素服举哀。这么多才华集中在一个人身上，这才叫全才。可是问题也就来了，这么一位全才型的女性，如何用短短的篇幅讲完她的一生呢？我给大家呈现三个片段。

第一，上书救兄。班昭有两个哥哥。大哥叫班固，主体上是个文人，最大的成就是修《汉书》；二哥叫班超，主体算是个武将，最大的成就是两次出使西域，收复西域数十个城国，为东汉的西北安全做出了重大贡献。我们熟悉的成语"投笔从戎""不入虎穴，焉得虎子"都是他这儿来的。正因为班超有这般功劳，东汉朝廷才任命他为西域都护，又封他为定远侯。万里封侯，这当然是莫大的荣耀，但是，这荣耀背后，也隐藏着班超的辛酸。什么辛酸呢？班超永平十六年（73）出使西域，此后就一直驻守在遥远的边陲，当年跟他一起出使的人先后谢世，班超也已年近古稀，可朝廷就是不让别人来替换他。古人讲究叶落归根，眼看自己行将就木，班超一天比一天渴望回家。到汉和帝永元十二年（100），班超终于忍耐不下去了。他给汉和帝上疏说："臣不敢望到酒泉郡，但愿生入玉门关！"什么意思呢？中国古代有一条连接中原和西域的大通道，那就是大名鼎鼎的河西走廊。酒泉郡是河西走廊上的一个重镇，而玉门关，则是河西走廊最西头的关口，也就是当时的胡汉分界线。东行跨过玉门关，就算进了中原的地界，而酒泉郡，则是在玉门关以东，更靠近内地的地方。班超的意思是说，臣不敢指望再回到内地，只求能活着进入中原的大门，就死而无憾了！一个老臣，说出这样的话来，已经足够哀婉动人了吧？可是，汉和帝还是不批准。为什么呢？因为西域太远了，没人愿意去；而班超又干得太好了，汉和帝也害怕换人之后，西域局势会有变化。就这样又拖了两年多，班超的身体状况更差了，眼看就要埋骨他乡，怎么办呢？这个时候，班昭替哥哥上书了。她怎么说呢？班昭除了跟哥哥一样剀切陈情，恳求皇帝哀怜老臣之外，还悄悄地增加了一条理由：西域那边都是"蛮夷"，蛮夷贵壮而贱老，若是他们看见班超这么大岁数还在守边，难保不会趁机生事，犯我边关。到那个时候，如果班超力不从心，守不住陛下的大好河山，还请陛下千万不要杀我们全家呀！这条理由表达得真到位。表面上是说，我为我的哥哥伤感，也替我们班家的前途担忧，符合班昭作为妇女守护家庭的本分；其实背后隐含的意思却是，我怕陛下您迁延误事，最后导致江山不保！皇帝不见得是慈善家，但一定是政治家，他们固然可能不在乎老臣的生死，但是一定会在乎国家的利益。看到班昭的上书，汉和帝终于不再犹豫，随即召回班超。就这样，在汉和帝永元十四年（102）八月，班超终于回到洛阳，一个月之后，在家中溘然长逝。这已经远远超过了他所梦想的"生入玉门关"，而是埋骨桑梓地了。能够在这件事上发挥作用，可见班昭不仅是个有文才的女性，更是个有智慧的女性，她知道什么叫硬话软说，柔中带刚。

第二，劝谏邓太后。东汉有一个很重要的时代特征，那就是皇帝短命，母后临朝。接受班昭上书的那位汉和帝年仅二十六岁就去世了，此后接连两任皇帝都是孩子，由汉和帝的妻子邓太后主政。邓太后当时也只是一个二十五岁的青年女子，常年生活在深宫之中，没什么政治经验，所以难免会任用外戚。替邓太后出力最多的，是邓太后的哥哥，大将军邓骘。兄妹两个同心协力，一个在朝廷，一个在后宫，好不容易才把局面稳定下来。可是，就在这个时候，他们的母亲去世了。汉朝号称以孝治天下，母亲去世，儿子必须辞官守丧。邓骘也按规矩提出了申请。没有哥哥在身边扶持，邓太后心里发慌，就打算不批准哥哥的辞呈，让他继续当官。这在古代叫起复，也叫夺情。意思是说，为了国家需要，剥夺个人私情。可是，真要起复邓骘，邓太后又怕冒天下之大不韪，让人抓住把柄。怎么办呢？当时，班昭已经在宫里给后妃当老师很多年了，邓太后是她的学生，非常信任她，就去咨询班昭。平心而论，邓太后这个问题真不好回答。因为我们中国人做事有一个原则，叫"疏不间亲"。太后对班昭再尊重，她也终究是个外人，而邓骘是太后的哥哥，那是至亲。班昭如果说，邓大将军应该辞职守丧，那她不就是以疏间亲吗？邓太后就算当场不翻脸，日后也难免心生芥蒂。可是，如果班昭顺着太后，说为了国家，不如起复邓大将军，那又违反了儒家的原则，也违背了班昭个人的良心。

两难之间，班昭怎么当参谋呢？她说："人最高尚的品德莫过于谦让，所以先贤伯夷、叔齐推让国君之位，天下都佩服他们；太伯让位给弟弟季历，孔子也再三称赞。《论语》有云，能用礼让治国，为政还有什么困难呢？由此可见谦恭退让在政治生活中的力量。如今国舅有大功于天下，而又急流勇退，这本来是极得人心的谦让之举，如果太后您因为边关未宁而挽留他，我怕日后国舅若是有点什么小过失，人们会翻旧账，不依不饶呀。到那个时候再免官，不仅官位不保，谦让之名也不可复得了。"这番劝谏说得太到位，也太巧妙了。本来讲的是政治上的大事情，礼教上的大名目，但是，班昭却把立足点落在邓家日后的前途命运上，提醒太后，若是在这件事上违了礼，给人落下口实，日后再有风吹草动，邓家可就连反攻之力都没有了；因此，倒不如先退一步，暂时放弃政治高地，而去占据道德高地。这不是义正词严讲道理，而是像闺密一样，处处替邓太后考虑，这样的劝谏，邓太后怎么可能不接受呢？从这件事上，我们又可以看出来，班昭不仅有文才，更有智慧，这仍然是硬话软说，柔中有刚。

第三，撰写《女诫》。说起《女诫》，大家都不陌生。中国古代妇女最重要的行为规范叫"三从四德"。什么是"三从"？未嫁从父，既嫁从夫，夫死从子。什么叫"四德"？妇德，妇言，妇容，妇功。《女诫》一共七篇，最主要的内容，其实就是"三从四德"。而且，为了证明"三从四德"的合理性，班昭还说了一些比较极端的话，比如，"生男如狼，犹恐其尪；生女如鼠，犹恐其虎"等等，这些言论，不要说当代妇女一听就气炸了肺，就是古代妇女，也并不怎么愿意接受。其中，最有力的挑战就出自班昭的小姑子。当时，班昭嫁给了同郡一个叫曹世叔的人，曹世叔本人并不特别出名，但他有个妹妹，名叫曹丰生，却是一个既才且慧的女子。她坚决不同意嫂子的言论，还曾经写文章跟班昭辩论。想想看，连生活在同时代的小姑子都难以认同，可见班昭的这套理论确实有可争议之处，所以很多人说，《女诫》是给妇女套上的精神枷锁，是班昭最大的人生败笔。

是不是呢？其实并不完全如此。我们评价古人的言行有一个很重要的原则，叫知人论世。所谓知人，就是了解她是谁；所谓论世，就是了解她的处境。只有把个人处境和时代背景都弄清楚了，再去评价一个人，才不会马后炮、想当然。班昭是什么人呢？她不仅仅是个女人，其实也算是个大臣。她长期出入宫廷，给后妃当老师，在政治上颇有影响力。在这种情况下，怎么给自己找定位呢？班昭拿出来的，就是《女诫》。《女诫》确实讲三从四德，可三从四德只是行为规范，它背后的精神是什么呢？背后的精神其实是谦让恭敬，先人后己。这既是妾妇之道，也是臣子之道，而且是中国古代极为推崇的臣子之道。事实上，班昭不仅是这么说的，也是这么做的，所以终其一生，她有权力，但是无非议，这就是班昭的不凡之处。

再说论世。班昭身处的东汉王朝，正是中国历史上太后专权最盛的时代之一。班昭的学生邓太后，就先后扶立两个小皇帝，掌权长达十六年之久。班昭身为正统儒家知识分子，当然不愿意看到这种局面，所以，她极力强调男强女弱，男主女从，其实也有现实政治的考量。只不过，这种考量太微妙，无法说破，只能以《女诫》这种形式反映出来罢了！这仍然是硬话软说，柔中带刚，这是属于水的智慧，也是属于女性的智慧。

有了知人论世这个前提，再来看《女诫》，就会发现，它有它的迂腐，却也有它的通达。通达在哪儿呢？就拿"四德"来说吧，班昭说："夫云妇德，不必才明绝异也；妇言，不必辩口利辞也；妇容，不必颜色美丽也；妇功，不必工巧过人也。"上来就是四个否定句。妇德不需要见解高明，妇言不需要伶牙俐齿，妇容不需要沉鱼落雁，妇工也不需要手艺精巧。那样的标准太高了，而且涉嫌卖弄，不是普通女性应该追求的。既然如此，"四德"到底是什么呢？她说："清闲贞静，守节整齐，行己有耻，动静有法，是谓妇德。择辞而说，不道恶语，时然后言，不厌于人，是谓妇言。盥浣尘秽，服饰鲜洁，沐浴以时，身不垢辱，是谓妇容。专心纺绩，不好戏笑，洁齐酒食，以奉宾客，是谓妇功。"什么意思呢？所谓妇德，就是有廉耻。所谓妇言，就是有分寸。所谓妇容，就是爱干净。所谓妇工，就是能干活儿。这个要求高不高？其实并不高。班昭自己方方面面都做得比这好，但是她说，这就够了。作为一个妇女，有廉耻，有分寸，爱干净，能劳动，就算是四德无亏，在家庭也罢，在社会也罢，就应该受到尊重。这样的要求，对今天敢打敢拼，也能打能拼的独立女性来讲自然比较保守，但是，对那些没有社会身份，一辈子只能操持家务的古代妇女而言，却未尝不是一种善意和保护。所以，它才能够流传开来，成为两千年之间的妇女规范。直到近代，整个社会结构都发生天翻地覆的变化，妇女的受教育水平、经济能力都有了全方位提升，两性关系也发生了前所未有的改变，它才被"妇女能顶半边天"的新结论打破。

宋朝有个叫徐钧的诗人，曾经为班昭写过一首诗："有妇谁能似尔贤，文章操行美俱全。一编汉史何须续，女戒[1]人间自可传。"什么意思呢？古往今来，哪个妇女能够有你之贤？文章和操行二美俱全。就算是你不续修《汉书》都没什么关系，一本《女诫》已经足以让你的名声千古流传。仔细想来，从影响的时间、影响的群体和整体影响力来说，徐钧这个说法其实并不过分。

那么，班昭为什么会如此才德俱全呢？其实，这并不全是她一个人的本事，而是整个班氏家族的接力赛。这接力棒的第一棒，是班婕妤的父亲班况。班况的功劳，在于树起了扶风班氏的大旗。要知道，在班况之前，班氏家族还是楼烦（也就是今天山西宁武）的一支地方势力。到了班况，因为打匈奴有功，这才把家迁到陕西的扶风，算是打进了首都圈。从此再说到班家，那就不再是楼烦班氏，而是扶风班氏了，这是第一棒。班家的第二棒交给了班婕妤。班婕妤入宫受宠，让这个家族进入了西汉的政治高层。当年，班婕妤在后宫中以礼法自持，历经劫难却屹立不倒，既可以看出这个家族的门风之美，其实也不乏为整个家族利益忍辱负重的用心。班家的第三棒，交给了班婕妤的侄子，也就是班昭的父亲班彪。班彪的功劳，在于让班氏家族顺利地从西汉过渡到了东汉。班婕妤死后不久，汉朝就陷入大乱之中，先是王莽篡汉，建立了新朝；紧接着，就是宗室刘秀起兵，削平群雄。就在这干戈扰攘之际，班彪为躲避祸乱，跑到了甘肃。当时，割据甘肃的军阀叫窦融，班彪给窦融当参谋，劝他归附光武帝刘秀。在他的劝说之下，窦融归汉，成为东汉建国的大功臣。光武帝论功行赏，也没有忘记

---

[1] 古籍中，《女诫》《女戒》，两种书名均有。

班彪的功劳，让他当了徐令。徐令虽然官不大，但是，它毕竟让这个家族摆脱了一朝天子一朝臣的命运，在新王朝重新站稳了脚跟。此后，班彪就把全部精力投入学问中。他觉得，司马迁修《史记》已经过去一百多年了，虽然有人续修，但是水平都很差。他发誓要写出一部像样的《史记后传》来，所以晚年的时光都用来修史了。众所周知，学者家庭对子女教育最为有利，班彪潜心学问，果然培养出了三个好儿女。这三个儿女，就共同构成了班家崛起的第四棒。他们都是谁呢？老大班固，中国历史上最伟大的史学家之一；老二班超，中国历史上最伟大的外交家之一；老三就是我们这一节的主人公班昭，中国历史上最全能的女性之一。我们此前说班昭是个全才，她的才能来自哪里？很明显，她的史才来自爸爸班彪和哥哥班固，她的道德才能来自祖姑班婕妤，她的政治才能则来自整个班氏家族前赴后继的政治实践。有了这一门贤达世世代代的铺垫和榜样，班昭从小耳濡目染，长大之后才能百尺竿头，更进一步。

我们中国人若是有了杰出的成就，常常会很谦虚地说，这是"上锡天恩，下昭祖德"，天恩也许缥缈，但"下昭祖德"却是实实在在的，它其实就是整个家族接力式的奋斗。这种奋斗模式跟纯粹的"个人奋斗"不一样，它固然强调各尽所能，但是，更强调可持续发展。而这可持续发展的依托，其实就是代代相传的家风家教。它让人在家族的大环境里熏染，少成若天性，习惯如自然。直到今天，我们依然重视家风家教，道理就在这里。

班昭早年嫁给了一个叫曹世叔的人。古代妇人从夫，所以，汉朝的宫廷里都管班昭叫"曹大家"。什么是"大家"呢？字典里的解释是古代对老年妇女的尊称。其实，说白了，这就是我们今天说的女先生。比如，现在，我们还会说冰心先生、叶嘉莹先生等。有人说，把女人叫成先生，和给女人冠夫姓一样，都是男权思想的体现，并没有比《女诫》先进多少；也有人说，先生虽然是男性的普遍称谓，但自古以来，它都有一个很重要的含义，就是指年长而有学问的人，所以，称呼一位年高德劭的女性为"先生"，并不算错。个人认为，人类的语言本来就在不断发展变化之中，在这个激烈变革的时代，在新旧传统之间，让子弹多飞一会儿并不算错，暂时也不可能有一种意见可以做到独霸天下；我更想告诉大家的是，如果我们把眼光无限放远，投射到遥远而神秘的金星之上，就会发现，有一个陨石坑就是以班昭的名字命名的，那个烙印在天上的名字，超越了所有的争执，代表着深深的认可和敬意。

文姬才欲压文君，
悲愤长篇洵大文

中国古代的王朝，其兴也勃焉，其亡也忽焉。生活于其间的人物，也不免被时代裹挟，跟着时代起落沉浮。当一个王朝沉入谷底的时候，那个王朝的女性可能比男性更悲惨，因为她们更柔弱；那个时代的才女，又会比普通女性更辛酸，因为她们更敏感。本文的主人公就是一位在东汉王朝的没落中饱经忧患的女性，她的名字叫蔡琰，字文姬。稍稍熟悉中国文学史的人都知道，她的《悲愤诗》是中国古代文人创作的第一首自传体长篇五言叙事诗，另一首传唱至今的古乐府琴曲歌词《胡笳十八拍》，相传也是蔡文姬所作。

在中国戏剧和中国画里，有两个母题相似度很高，而且都很流行。这两个母题的主人公都是女性，都穿行在大漠风雪之中，手里都拿着一件乐器，不同之处在于，她们一个拿的是琵琶，另一个拿的是胡笳。说到这里，读者朋友可能已经猜出来了，拿琵琶的那位是王昭君，经典故事是昭君出塞；拿胡笳那位是蔡文姬，经典故事是文姬归汉。从表面上看，昭君出塞是往外走，所以更像是个悲剧；而文姬归汉是往回来，所以更像是个喜剧。但实际情况并不完全如此，因为王昭君生活在西汉的承平时代，她为国和亲虽然辛苦，但毕竟地位尊显，生荣死哀；而蔡文姬生活在东汉末年，是被乱兵俘虏到了南匈奴，此后虽然历尽千辛万苦又回到中原，但是，其中的辛酸，却令人一言难尽。那么，蔡文姬到底是怎样一个人，文姬归汉背后又有哪些曲折呢？还是一起看看她人生中的三个片段吧。

第一，文姬辨琴。据说，蔡文姬六岁的时候，她爸爸蔡邕夜间弹琴，突然断了一根弦，蔡文姬马上说："是第二根弦断了。"蔡邕吃了一惊，又有点半信半疑，于是说："你这不过是偶然猜中罢了。"又若无其事地接着弹起琴来。过了一会儿，他故意又弄断了一根弦，蔡文姬马上说："第四根断了。"蔡邕这才相信，女儿的辨音能力果然了得。文姬辨琴这件事在古代非常出名，蒙童教材《三字经》里就有这么一段："蔡文姬，能辨琴。谢道韫，能咏吟。彼女子，且聪敏。尔男子，当自警。"经过《三字经》的普及，文姬辨琴几乎成了妇女才慧的代名词。这样的小神童是怎么造就的呢？其实，我之前写班昭的时候就提到过，中国古代的才女一般都有家族背景。班昭如此，蔡文姬也不例外。班昭从家族继承下来的是史学才能，而蔡文姬从家族继承的，则是音乐才华。蔡文姬的爸爸蔡邕是东汉名士，家里藏书多，书法写得好，尤其精通音律。《后汉书》记载了他的一个小故事。有一天，蔡邕到别人家里吃饭。刚刚走到门口，就听里面传来的琴声中隐隐含有一股杀气。蔡邕很意外，心里想，这请我吃的，难道是鸿门宴？不敢进门，转身就走。主人看到后马上追出来询问，蔡邕也就说出了心中的疑虑。主人很意外，赶紧问琴师：谁得罪你了，你怎么会有杀心呢？琴师说：我没动杀心呀，只不过我刚才弹琴的时候，看见一只螳螂正要扑向鸣蝉，蝉要飞却又不飞，螳螂要扑却又没扑。我有点替那螳螂着急，这难道就是您所谓的杀心吗？这个故事太传奇了，听琴音而知杀意，这需要多好的感受力！蔡文姬得到这样的遗传和熏陶，怎么可能不会辨琴呢？这样看来，蔡文姬真是在一个好人家长大的姑娘。这样的姑娘，最有可能向班昭那个路子发展，事实上，当年蔡邕给女儿取的字就是"昭姬"，也就是学习班昭的意思。只是后来人们为了避晋文帝司马昭的讳，才改成文姬，这跟王昭君被改成王明君是一个道理。可是，谁也没想到，突如其来的政治变故打碎了蔡文姬一家的安排，让她离班昭越来越远，反倒走上了一条连王昭君都不如的道路。这又是怎么回事呢？

这其实就是第二个故事——文姬归汉。蔡文姬家在陈留圉县，也就是今天河南省的杞县，长大之后，她嫁给了河东的卫仲道。卫仲道是西汉卫青的后人，所以也是高门联姻，门当户对。只可惜卫仲道短命，婚后很快就去世了，蔡文姬又回到了陈留娘家。这是不是有点像卓文君故事的开头？没错，蔡文姬和卓文君都是少年守寡，回到娘家，但是，卓文君在娘家等来了大才子司马相如，而蔡文姬等来的，却是一伙儿乱兵。个中缘故，还得从东汉末年的董卓之乱说起。东汉后期，诸番内附，汉朝也愿意利用他们的优势，让他们当兵打仗。董卓原本是陇西豪强，跟羌人打仗打出了名，手下的士兵也是胡汉混杂，战斗力非常强。这样的兵将放在边疆，本来是挺好的一件事。可是，东汉末年，外戚和宦官交替专权，彼此之间水火不容。到了汉少帝时期，外戚何进为了打击宦官，就出了一个昏着儿，招董卓入朝，让他铲平宦官。董卓一到洛阳可不得了，他仗着兵强马壮，很快就把朝廷控制到了自己手里，甚至连皇帝，都从汉少帝换成了汉献帝。这不是要改朝换代吗？关东的各路诸侯当然不干，于是，他们就公推渤海太守袁绍做盟主，起兵反对董卓。熟悉《三国演义》的朋友都知道，这正是三国开篇时的情景。

诸侯讨伐，董卓怎么办呢？他干脆驱赶着洛阳城内外百万人口西迁长安，随后，他的部将李傕、郭汜又率领手下的羌胡士兵在洛阳附近的陈留、颍川等地纵兵大掠。蔡文姬家不就在陈留吗？此刻也被掳掠而去。这就是蔡文姬在《悲愤诗》里所写的："平土人脆弱，来兵皆胡羌。猎野围城邑，所向悉破亡。斩截无孑遗，尸骸相撑拒。马边悬男头，马后载妇女。"什么意思呢？平原地区的人软弱，根本抵抗不了那气势汹汹的北方胡羌。乱兵践踏庄稼，围攻城池，所到之处无不家破人亡。他们疯狂砍杀一个不留，死人的骸骨交叉相抵。他们的马边悬挂着男人的首级，马后捆绑着抢来的妇女。想想看，这悲惨的场面，蔡文姬可不是冷眼旁观，事实上，她就是那马后所载的妇女之一啊，一个平时只知道读书弹琴的大家闺秀，忽然面对这样的天崩地裂，该是何等绝望，何等无助！

可是，故事到这里还没有完。蔡文姬不是被董卓的部下抢走了吗？没过多久，本来早已归附东汉的南匈奴又趁火打劫，在河西、内蒙古一带大肆掳掠，大概就在这个时候，蔡文姬又被南匈奴的二号人物左贤王俘虏了。可能有的读者朋友会说，接下来的事情我知道了，蔡文姬嫁给了左贤王，成了匈奴的阏氏，还跟左贤王生了两个孩子。是不是呢？虽说这个说法流传很广，但很可能并不是真的。因为有关蔡文姬的记载基本都出自《后汉书·列女传》，而《列女传》的原文是这么写的："（蔡文姬）没于南匈奴左贤王，在胡中十二年，生二子。"大家注意到没有？她是"没于"左贤王，而不是嫁于左贤王，也就是说，蔡文姬被左贤王掳走不假，她在胡地生了两个孩子也不假，但是，没有证据证明，她当了左贤王的阏氏。可能读者朋友会认为，蔡文姬这么才貌双全的女子，难道不是理所当然要匹配一个贵人吗？这可就难说了。给大家举一个北宋的例子吧。北宋亡国的时候，宋徽宗活着的女儿一共有二十一个，其中，活着到了金国，被纳为妃子或者成为官员夫人的只有五人，其他的公主，或者死在路上，或者死在各路将领的营寨里，还有九个人，干脆进了金国的洗衣院。什么是洗衣院？有人说相当于中原王朝的后宫，但是，也有更多的学者认为，那只不过是金朝的国家妓院而已。想想看，金枝玉叶的公主尚且如此，何况一个辗转掠夺来的蔡文姬呢！就算在左贤王身边，她恐怕也只是左贤王一个没有名分的侍妾而已。

身处冰天雪地的塞外，周围都是言语不通的人，蔡文姬岂能不深深思念家乡？每次有人从中原来，她都会欢喜地迎上去，向人家打听家乡的消息，可是，人家总是告诉她，我跟你并非同乡邻里。这就是《悲愤诗》里所写的："有客从外来，闻之常欢喜。迎问其消息，辄复非乡里。"就这样，在无数次希望和无数次失望之中，十二年过去了，她生下了两个孩子，几乎就要在草原扎下根来了。

可是，就在这时候，事情又有了新的转机，曹操派人来接她了。曹操一代枭雄，怎么会跟蔡文姬有联系呢？因为曹操是蔡文姬爸爸蔡邕的朋友。这朋友关系好到什么程度？现存史书里并没有任何具体记载，但是，曹操的长子曹丕说，这两个人是"管鲍之交"。而管鲍之交，正是我们中国人心目中朋友交往的最高境界之一。当年，管仲卑微的时候，别人都误解他，诋毁他，只有鲍叔牙赏识他，相信他，所以管仲富贵之后，才会无限感慨地说："生我者父母，知我者鲍子也！"想来，在东汉末年，大名士蔡邕也曾经赏识过当时还寂寂无闻的曹操吧。曹操心狠手辣，但并不忘恩负义。这段情分，他一直没有忘。但是，这么多年来，他先是跟着袁绍打董卓，董卓死后，又接着打吕布，打刘备，打袁绍，并没有精力去关照蔡邕的后嗣，直到 200 年，他最终统一北方，才算是相对松了一口气。此后，他还完成了另外一件大事，那就是把南匈奴分为五部，全部纳入了自己的麾下。而在这个过程中，他听说，蔡邕的女儿就在南匈奴。老朋友早已故去，帮他这个沦落天涯的女儿脱出虎口，不正是对他最好的报答吗？于是，曹操让人拿了黄金白璧，面见左贤王，重金赎回了蔡文姬。

写到这里，可能读者朋友会说，太好了，重返故园，这可是王昭君毕生也没有实现的愿望啊。确实，蔡文姬很幸运，当年有那么多中原女子被掳掠到草原，能够回去的只有她一人而已。可是，这样一来，就意味着她得抛下两个孩子了。这两个孩子是她的至亲骨肉，也是她这么多年在南匈奴最大的安慰，从此远隔天涯，后会无期，作为母亲，她又怎么能够忍下心来呢？这就是《悲愤诗》里那最为催泪的一幕场景："儿前抱我颈，问母欲何之。人言母当去，岂复有还时。阿母常仁恻，今何更不慈？我尚未成人，奈何不顾思。"什么意思呢？儿子跑过来抱住了我的脖子，说母亲啊，您要到哪里去？有人告诉我您要走，那可就再也不能和我们在一起了！阿母您平时那么善良，如今怎么会如此无情？我们俩还都没长大成人，难道您就不顾念我们？这还是诗吗？这几乎都不算诗了，它就是那两个小孩子哭喊出来的原话。可是，这又是最好的诗，它是那么真切，那么惨痛，让我们在千载之后都为之心酸，可以想象，当年的蔡文姬，又该是何等摧心摧肝，五内俱焚！这才是文姬归汉背后的故事，它不是胜利，不是喜剧，它是我们这个民族历史上一次巨大的创伤，是这个伤口滴下的血泪凝成了《胡笳十八拍》，也凝成了蔡文姬痛彻肺腑的《悲愤诗》。

行行重行行。蔡文姬就这么一步三回头，离开了草原，回到了老家陈留。可是，到了家她才发现，这里什么都没有了，战乱之后，家园早已荒芜，家人也都死光了。怎么活下去呢？这时候，又是曹操替她操持，把她嫁给了自己手下的一个屯田都尉，名叫董祀。这个董祀，没有背景，没有才华，完全不是当年那个辨琴的蔡文姬所能看上的人物，可是，经过这么一番颠沛流离，就算是这样平凡的人，都会让蔡文姬觉得高攀不起了。她说："流离成鄙贱，常恐复捐废。"她害怕丈夫会嫌弃她，为了保住这来之不易的家庭，她愿意付出任何努力。可是，蔡文姬的劫难还没有完。她的丈夫又犯罪了。

这也就是我要讲的第三个故事，文姬救夫。董祀是曹操的手下，而曹操素以治军严格著称，董祀到底犯了什么罪我们并不知道，但根据记载，他犯下一个要杀头的重罪，而且，当时，董祀已经就要押赴法场了。怎么办呢？这个丈夫并不如意，可是，蔡文姬已经失去了家园，失去了父母，失去了儿子，她再也不能失去董祀了。她像疯了一样，蓬着头跑到曹操门前，叩头流血，请求见曹丞相一面。当时，曹操正在宴请公卿名士，他对满堂宾客说："蔡邕的女儿就在外面，大家一起见一见吧。"蔡文姬就这么披头散发地跪在了众人面前。她的容颜已经憔悴到没法看了，但是说起话来，却还是那么清晰有致。她说，自己已经一无所有了，只求曹丞相给她留下这最后的依傍。这可是当年风流倜傥的蔡邕的女儿呀，满堂宾客都为之动容。曹操说："我的确同情你，可是降罪的文书已经发出去了，怎么办呢？"蔡文姬抬起头来说："丞相您有宝马万匹，猛士如林，您难道会吝惜一人一马，不肯去救一个垂死之人吗？"这是多快的反应啊，一下子把曹操跟她之间的强弱对比表达得淋漓尽致。这就和《红楼梦》里，刘姥姥对王熙凤说"您老拔根寒毛比我们的腰还粗呢"是一个道理，还有什么比示弱更容易激起大人物的慈悲心呢！就这样，曹操终于被蔡文姬感动，赦免了董祀。

我想，当时的曹操可能并没有意识到，他这一念之仁，为中国留下了多么宝贵的财富。这财富来自曹操闲闲的一问："听说夫人您家原来有很多古籍，现在还记得一些吗？"蔡文姬说："当初父亲留给我的书籍有四千多卷，现在都已经荡然无存了，我能记下的，只有四百多篇而已。"曹操说："我派十个人到夫人那里，您讲，让他们记，可以吗？"蔡琰说："男女授受不亲，请丞相给我纸笔，我自己写就是。"这四百篇古文是什么？这就是绵绵不绝的中国文化啊。中国五千年文明，经历了多少次变乱，竹简烧了，纸本毁了，但是，只要有蔡文姬这样的口传心诵在，这文明就不会断线。文人存则文化存，这就是孔子说的，天佑斯文。

传承之外，蔡文姬更伟大的地方在于创造。她创造了什么？她最伟大的创造，就是我在前面引用了好多次的《悲愤诗》。这也是我国诗歌历史上文人创作的第一首自传体五言长篇叙事诗。这首诗到底好在哪里？我一直觉得，它是中国古代女性诗词中最有力量，最震撼人心的诗篇。丧夫、没胡、别子、再嫁，惨痛的经历像大山一样压下来，让当年那个辨琴的小女孩变成了一个饱经沧桑的妇人。能飞到天上去的轻灵感没有了，滋长出来的，是大地一般的沉厚，这沉厚里，有着最伟大的力量。清代有一位诗论家叫张玉谷，曾经为蔡文姬写过一首诗："文姬才欲压文君，悲愤长篇洵大文。老杜固宗曹七步，办香可也及钗裙。"什么意思呢？蔡文姬的才华压倒了卓文君，《悲愤诗》确实是一篇了不起的传世雄文。杜甫的长诗固然主要是继承了曹子建，但是，他的心香一瓣，也应该供奉给蔡文姬这个女钗裙。

没错，说到蔡文姬，我真心反对红颜薄命那样轻薄的说法，更不喜欢把重心落在她和曹操的交情上，说什么蓝颜知己。我由衷地佩服她能把人生的苦难化作浑厚的诗歌，这其实也就是鲁迅先生所说的"我以我血荐轩辕"。

第三章

魏晋融合

绿珠

百年离恨在高楼，一代红颜为君尽

　　魏晋南北朝既是一个残酷而荒唐的时代，又是一个华丽而美好的时代。在这个时代留下名字的男男女女，无论贵贱，总是有着别样的魅力。本文的主人公，是西晋富豪石崇的宠妾，著名的殉情美女绿珠。

　　绿珠这个名字，在今天并不显赫。但是，如果你穿越到唐宋时代，向那个时候的人做个民调，问他们知不知道绿珠，他们一定会说，那是四大美女之一呀。读者朋友们可能会奇怪，四大美女不是西施、昭君、貂蝉和杨贵妃吗？怎么会冒出一个绿珠来呢？那是因为，我们中国历来都有选美的传统，但是，不同时代选出的美女并不一样。今天我们所说的四大美女，其实是明朝以后才出现的版本，其中一个最明显的证据就是，貂蝉这个人并不是真实存在的人物，而是《三国演义》创造出来的一个艺术形象，《三国演义》是元末明初人罗贯中的著作，所以这四大美女一定是明朝以后的版本。那更早的版本是什么呢？我们国家现存木板年画中有一张南宋人所刻的《隋朝窈窕呈倾国之芳容》，那里画了隋朝公认的四大美女。在这之中，有我们之前写到过的王昭君、班婕好和赵飞燕，还有一个就是绿珠。这张年画的题目既然是《隋朝窈窕呈倾国之芳容》，说明这四大美女的名头至少在隋朝就已经出现了；而这个年画题材既然南宋还在翻刻，就说明直到南宋，人们还承认这四大美女。所以我才说，你如果在唐宋时期发起民调，问大家知道不知道绿珠，大家肯定都知道。

不过，绿珠之所以有名，主要还不是因为她美，而是因为她的人生和西晋大财主石崇绑到了一起，两个人本来天悬地隔，最后却同生共死，演出了一场霸道总裁与灰姑娘的人生大戏。换句话说，绿珠不仅是个美女，更是个有故事的美女。有故事就容易入诗，唐朝人给绿珠写了不少诗篇，其中有一首诗，把绿珠的一生交代得清清楚楚。这首诗叫《绿珠篇》：

石家金谷重新声，明珠十斛买娉婷。
此日可怜君自许，此时可喜得人情。
君家闺阁不曾难，常将歌舞借人看。
意气雄豪非分理，骄矜势力横相干。
辞君去君终不忍，徒劳掩袂伤铅粉。
百年离别在高楼，一代红颜为君尽。

什么意思呢？

石崇家的金谷园最看重轻歌曼舞，不惜花费明珠十斛买下美女绿珠。

石崇说绿珠是那么可爱，而绿珠也心满意足，犹如小鸟入怀。

石崇家的闺阁管得不严，经常把新编的歌舞演给外人来看。

石崇的意气太盛，令人不满；果然引来了骄横的敌人，对他横加摧残。

离开石崇终究是于心不忍，绿珠的眼泪弄花了脸上的铅粉。

在高楼之上两人道了永别，一代红颜就这样为了石崇香消玉殒。

这一首诗，每一句都写绿珠，也每一句都写石崇。这两个人究竟是什么关系呢？其实，这首诗每四句就是一段，而每一段，又都关联着这两人人生的大关节。先看前四句："石家金谷重新声，明珠十斛买娉婷。此日可怜君自许，此时可喜得人情。"这是在讲绿珠的来历和盛宠。绿珠是什么人？她是西晋最大的财主石崇花十斛明珠买来的歌舞伎。古代一斛等于十斗，十斛就是一百斗。那个年代可没有人工养殖，凡是珍珠，都是天然生成，人工捕捞，是货真价实的奢侈品。传说中，富有四海的唐玄宗为了安慰失宠的梅妃，才拿出了一斛珍珠作为补偿，而石崇，却能够拿出十斛明珠买一个美女，这是多么夸张的行为啊。当然，谁都知道写诗容许艺术夸张，十斛珍珠也不见得真是事实陈述，但是，石崇为绿珠花了大价钱却不容置疑。因为，石崇不见得是中国历史上最有钱的人，但一定是中国历史上最会花钱的人。《晋书》《世说新语》里都记载了好多他和晋武帝的舅舅王恺斗富的故事，每一个都挑战着人们的想象力。那时候大佬出门已经很讲究隐私，不愿意让别人看见自己。有一次王恺上街，专门做了四十里的紫丝障。

想想看，连续四十里地，路边都挂着紫色的轻纱，这够奢侈了吧？石崇一听，轻蔑地笑了一声，也出门了。他怎么保护隐私呢？他挂了五十里的锦步障。五十里比四十里多了十里，织锦又比紫丝贵了不止一倍，让王恺一下子相形见绌。再举一个例子。王恺不是晋武帝的舅舅吗？晋武帝也想帮舅舅一把，让他斗赢石崇，于是，就赏赐给他一棵两尺高的珊瑚树。这珊瑚树品相出众，枝条纵横，举世少有。王恺兴冲冲地拿给石崇看。石崇拿起一把铁如意，随手就把这珊瑚树击得粉碎。王恺一看大惊失色，连声叹气。石崇说这有什么好可惜的？我赔你一棵。说完让人拿出六七棵珊瑚树，随便哪一棵都有三四尺高，而且光华璀璨，比王恺那棵好太多了，这就是石崇斗富的豪气。石崇雅好园林，在洛阳营建了中国历史上最负盛名的私家园林金谷园，金谷园占地十顷，里面藏的宝贝数不胜数，其中最让时人惊艳的，是这里的歌伎舞女。石崇家里的婢女有一千多人，光是第一等的佳丽就有好几十人。他让这些佳丽穿上同样的绫罗绸缎，乍一看都分辨不出来谁是谁。他还给这些人都戴上玉龙佩和金凤钗，让她们分成小组，从昼到夜，不停地跳舞。他想召幸谁，也不必叫名字，只听声音就够了，玉佩声音越清，说明走路越轻盈，他也就越喜欢。为了让这些舞伎变得更轻更灵，他又把沉香屑洒在象牙床上，让她们从上面走过，如果谁没有留下脚印，就赏赐珍珠一百，如果留下脚印了，就得节食减肥。这个要求，是不是比如今最厉害的芭蕾舞学校校长还要严格？但是，这些精挑细选出来的佳丽还都不算什么，石崇最得意的美女还是绿珠。据说，绿珠是白州人，也就是如今的广西博白人。石崇当年长期跟岭南做生意，发现了这颗南国明珠，就花十斛珠的大价钱把她买下来，接回了自己的金谷园。绿珠擅长吹笛，又擅长跳当时最流行的《明君》舞。所谓明君就是王昭君，表现的当然是昭君出塞的故事。石崇也是一代才子，就给这支舞蹈填了词，使其成了边唱边跳的歌舞剧。想想看，石崇填词，绿珠跳舞的《明君曲》，像不像后世唐明皇谱曲，杨贵妃跳舞的《霓裳羽衣曲》？异代不同时，却又都是那么风雅。石崇怕远道而来的绿珠思念家乡，还特地在金谷园中给她修了一座百丈高楼，里面装饰着来自南国的犀角、珍珠、象牙、琥珀，让绿珠登楼远望，极目南天。这就是诗中所说的"石家金谷重新声，明珠十斛买娉婷。此日可怜君自许，此时可喜得人情"。石崇陶醉在绿珠的美丽里，绿珠也陶醉在石崇的宠爱里。

后来呢？后来就出现变故了，这变故，写在了下四句诗里。"君家闺阁不曾难，常将歌舞借人看。意气雄豪非分理，骄矜势力横相干。"石崇从来不是一个含蓄的人，既然得了绿珠，他就不停地向人炫耀。石崇在金谷园里呼朋唤友，一大批文士都跟石崇往来唱和，这些人被后世称为"金谷二十四友"。号称古代第一美男子，一出门就被掷果盈车的潘安，写《三都赋》，造成洛阳纸贵的大才子左思，都是金谷园的常客。石崇每次宴请这些朋友也罢，宴请当朝政要也罢，都会让绿珠出来跳舞侑酒。这些人都是大喇叭，经过他们的吹嘘，绿珠的美名迅速传遍了整个上流社会。这就是诗中所说的"君家闺阁不曾难，常将歌舞借人看"。

然而，就是这样的艳名，给石崇和绿珠惹来了大麻烦。什么麻烦呢？本来，石崇在朝廷中有一个后台，就是历史上著名的最丑皇后贾南风和她的外甥贾谧。当时，贾谧每次出门，在路上遇到石崇，石崇总是先下车站在路边，望尘伏拜。这一层关系让石崇没少捞到好处。但是，贾谧这个靠山其实是一座冰山。因为皇后贾南风专权乱政，和贾谧一起谋害太子，终于引发了西晋末年诸侯王的大变乱，这次变乱，就是历史上鼎鼎有名的八王之乱。永康元年（300），赵王司马伦起兵，诛杀贾皇后和贾谧。有道是树倒猢狲散。贾谧一死，原来依附于他的石崇马上被免了官，成为一介平民。没有了官职做保护，石崇的财富和美女可就成了新贵们眼里的一块肥肉。这时候，赵王司马伦手下一个名叫孙秀的亲信派人来到石崇家，明目张胆索要绿珠。当时，石崇正在金谷园与姬妾们举行宴会呢，席间吹弹歌舞，极尽人间之乐。孙秀的使者忽然到来，姬妾们马上鸦雀无声。石崇是个见过大世面的人，听使者说明来意，他一下子叫出好几十个姬妾来，这几十人都身着锦绣，散发着兰麝之香。石崇说："请使者随便选一个吧。"使者说："这些女子个个都绝艳惊人，但是小人只受命索取绿珠，不知道是哪一位？"石崇听了勃然大怒道："绿珠是我之所爱，万万不能送人。"使者说："君侯博古通今，明察远近，还请三思。"这不明明是威胁石崇吗！这就是诗中所说的"意气雄豪非分理，骄矜势力横相干"。绿珠的美色引来了政治新贵的垂涎，石崇又不肯拱手相让，怎么办呢？

结局就是诗的最后四句："辞君去君终不忍，徒劳掩袂伤铅粉。百年离别在高楼，一代红颜为君尽。"孙秀索要绿珠不成，干脆假托诏令，以谋反罪捉拿石崇。孙秀到来之时，石崇正和绿珠在崇绮楼上饮酒呢。眼看着士兵围上来，石崇对绿珠说："我都是为了你，才惹出这场大祸呀。"绿珠不由得泪流满面，她说："既然如此，那我就以死来报答您吧。"说完，从百尺高楼上纵身一跃，香消玉殒。绿珠死后，石崇也被处死，跟他一同被杀的，还有他的母亲、兄长、妻妾、儿女等一共十五个人。

看到这里，大家是不是觉得还挺动人的？霸道总裁不负美女，美女也不负霸道总裁，双方你有情我有义，演出了一场感天动地的人生悲剧。是不是这样呢？其实并不尽然。绿珠确实是为石崇而死，但是，石崇之死，却绝不仅仅是因为绿珠。命运的绞索早已套上了他的咽喉，而且是他亲手套上去的。

有没有人好奇，石崇的泼天富贵是从哪儿来的呢？其实是打劫来的。想当年，石崇担任过荆州刺史。荆州是交通要道，往来客商众多，石崇作为地方长官，不去想怎么保护商旅，反倒组织手下士兵，抢劫来往客商，就靠着这样的黑社会行为发家致富。想想看，他的泼天富贵背后，岂不是白骨累累？石崇不是好客吗？经常在金谷园请人喝酒，而且总是让美人斟酒劝客。如果客人不喝，他就让侍卫把美人杀掉。一般人碰到这种场面，就算是再不善饮，也只能勉强往下灌，最后往往被灌得烂醉如泥。但是，有一次，石崇碰上硬茬了。谁呢？当时的大名士王敦。王敦本来酒量很好，但就是不喝这种强灌的酒。石崇当着他的面连斩三个美人，他仍然不为所动。别人劝他，他还说："石崇愿意杀自己家里的人，跟我有什么关系！"那么，这次酒宴到底是怎么收场的呢？史书没写下文，我们也不知道后事如何，但是，从这一件事就可以看出，他的风流倜傥背后，仍然也是白骨累累吧！事实上，石崇就是这么一个富贵而又任性的人，他并不真的有多在乎绿珠，他在乎的只有他自己。绿珠跳楼之后，石崇也被士兵押出了金谷园。直到这个时候，他也并没有意识到问题的严重性，还大言不惭地对家人说："他们最多也就是把我流放到交趾、广东一带罢了。"等到士兵把他押到著名的行刑之地东市，他才恍然大悟道："这些奴才是贪图我的家财，想要把我弄死啊！"押他的人说："你既然知道是财产害了你，为什么不早点散掉家财呢！"石崇这才长叹一声，引颈就戮。也就是说，虽然绿珠是为石崇而死，但是，石崇却并没想要为绿珠而死，事实上他也确实不是因为绿珠而死。对于这件事，《红楼梦》里的林黛玉看得最清楚。别看林黛玉是个痴情女子，但是，她看人看事绝不糊涂，她曾有感于历史上五位绝色女子的命运，写过一组《五美吟》，其中有一篇《绿珠》，是这样开头的："瓦砾明珠一例抛，何曾石尉重娇娆？"在石崇的眼里，瓦砾和明珠都差不多，随时可以抛掉，他又何曾真正看重过绿珠呢！确实，石崇和绿珠的死并不等价。绿珠对石崇的义，远重于石崇对绿珠的情。

可是，在古代，人们大多都是从男性角度来考虑问题的。绿珠殉情最符合男性利益，所以，她也就成了好多人心目中的女性偶像。武则天当政的时候，有个大臣叫乔知之，文韬武略都有过人之处，家里养了一个美貌婢女，名叫窈娘。窈娘像绿珠一样能歌善舞，也像绿珠一样命运多舛。她的芳名被武则天的侄子武承嗣知道了，武承嗣倚仗权势，逼迫乔知之把窈娘献给他。可是，送走窈娘之后，乔知之并不甘心。他写了一首诗，让人偷偷送给了窈娘。这首诗，就是我们开头引用的那首《绿珠篇》。当窈娘打开诗篇，看到"百年离别在高楼，一代红颜为君尽"的时候，当即明白了乔知之的意思。很快，窈娘就在武承嗣家跳井自杀了，打捞上来的时候，衣带上就写着这首《绿珠篇》。随后，乔知之也被武承嗣以其他罪名治罪，死在狱中。大家看，这像不像是石崇与绿珠故事的翻版？仗势欺人的恶势力固然可怕，但直接杀死窈娘的，并不是恶势力武承嗣，相反，却是那个号称宠她爱她的乔知之。

可能有的读者朋友会觉得，本来双双殉情的故事那么美好，干吗非要翻出故事背后的那些不堪呢？其实，我之所以要反复澄清美丽的女奴与主人之间的不对等关系，绝非要替恶人翻案，那逼迫绿珠与窈娘的恶势力，无论是孙秀还是武承嗣，当然都为人不齿；那身为旧主人的石崇和乔知之，当然也有值得同情之处；但是，在绿珠和窈娘纵身一跃之前，他们也都暗暗地推了一把，让这殉情的故事，多了几分令人不忍直视的难堪。这背后的主奴意识、男权思想，在古代也许被视为理所当然，但是，生活在今天的我们却必须警惕。换句话说，绿珠和窈娘这样的烈性女子当然是可敬的，她们的可敬，在于坚持"士为知己者死"的理想，在于对自己独立意志的追求，但是，绝不在于以身殉主的愚忠。

杯盘惯作陶家客，
弦诵常叨孟母邻

班昭、文姬那样的贵族妇女只是古代女性中的极少数，让我们把眼光放平，看看平民人家的杰出女性。本文的主人公，是中国古代四大贤母之一，东晋名将陶侃的母亲湛氏，或者，我们就按照习惯，称她为陶母。

我们中国是一个重视教育的国度，古代的四大贤母的案例都是教育家，而且都留下了最经典的教子案例。孟母的案例是孟母三迁，陶母是截发留宾，欧母是画荻教子，岳母是岳母刺字。有这样的慈母教学问、教做人，孟子才能成为亚圣，陶侃才能位列武成王庙的六十四将之一，欧阳修才能跻身唐宋八大家之列，岳飞也才能成为光耀千秋的武穆王。不过，虽然都是教育家，也都把儿子教育成了一代人杰，但我一直觉得，陶母跟其他三位又不太一样。她的处境，比其他三位都困难；她的性格，也比其他三位都复杂。

其他三位母亲，孟母也罢，欧母也罢，岳母也罢，都处于社会变动比较剧烈的时代，阶层更替相对较快，普通人家的孩子也有更多的机会出人头地。比如，孟子出身于战国时代，那可是中国历史上最著名的大变革时代。平民有了军功就能封官授爵，策士有了谋划就能纵横捭阖，同样，士人有了学问就能著书立说、傲视王侯。整个社会规矩少，空间大，孟子赶上了这样的时代，这才能周游列国，讲学著述，如鱼得水。再比如欧阳修，他赶上的大时代是北宋。那可是科举制的黄金时代。唐朝的科举制还处于发展阶段，一年只选几十个人，在整个官僚队伍里成不了气候；而明清科举制又僵化了，只知道背四书，写八股文，把人都学成了书呆子。只有宋朝的科举制，真是星汉灿烂，意气风发，一大批平民家的才俊儿郎都通过科举考试踏进仕途，这才叫"朝为田舍郎，暮登天子堂。将相本无种，男儿当自强"。欧阳修就是那个时代的寒门贵子之一。再说岳飞，他赶上的时代是宋金战争。战争虽然残酷，但是也公平，在战场上，能打胜仗就是硬道理，这样，他也才能从一介平民脱颖而出，位列"中兴四将"之一。身处这样的大时代，做母亲的只要把孩子教育好就够了，剩下的机会，时代会给他。

但是陶母不一样，她面对的是一个阶层相对固化的时代。陶母和陶侃生活在两晋之际，而西晋和东晋，恰恰对应着中国历史上门阀社会的形成直至鼎盛时代。所谓门阀，就是门第和阀阅，这可是那个时代决定一个人前途命运的最重要因素。按照"龙生龙，凤生凤，老鼠的儿子打地洞"的原则，名门望族永远高高在上，寒门小户也永远沉寂下僚，这就是所谓的"上品无寒门，下品无世族"。在这样的时代，如果出身不好，就算再有学问本领，也很难施展。

而陶侃，偏偏就是一个出身寒门的人。陶侃是江西鄱阳人，他的父亲陶丹是孙吴政权的扬武将军，这是个武官，地位不高不低。但是，他的母亲姓湛，出身寒微，她并不是陶丹的正妻，只是一个小妾。要知道，魏晋南北朝时期礼法森严，妾生的儿子根本不被认可，跟家里的奴仆差不多。有这么一个出身，长大之后，陶侃自然也就跟做官无缘，只能当一个县里的鱼梁吏。所谓鱼梁，就是在水中筑堰，用来捕鱼。而鱼梁吏呢，就是主管鱼梁的一个小吏。相当于现在的基层渔业管理员。干这个差事能挣一点钱养家糊口，但是，再往上走却是难上加难。按照那个时代的通行法则，陶侃应该就在这个位置上干一辈子了。

但事实上，陶侃最终突破了身份限制，不仅走上了东晋的政治舞台，而且身担大任，位极人臣。为什么？因为他的母亲不是别人，而是四大贤母之一的湛氏。别看湛氏只是小妾出身，但是，她是个有雄心的人。她知道儿子有志气也有本事，她决心帮助儿子出人头地。可是，被笼罩在大时代的天罗地网里，她能怎么办呢？

机会总是留给有准备的人。湛氏有这样的心意，终于迎来了一个机会。这一年冬天，天降大雪。有一个跟他们同郡的人，名叫范逵，被地方推举为孝廉，要到首都洛阳去，正好路过陶家。眼看风雪太大，范逵就走到他家避雪。要知道，所谓举孝廉是当时的一种选官方式，就是各地长官按照名额推荐当地的孝子和廉吏，中央再根据地方的推荐授予他们官职。既然是地方长官推荐，可想而知，能够被推荐上的，大多数都是地方大族，是能够跟长官说得上话的人。这个范逵也不例外，他很有势力，鲜衣怒马，仆从如云。就这么一大队人，浩浩荡荡来到了陶侃门前。如此尊贵的客人降临，对陶家来说真是意外之喜，这不正是他们梦寐以求的贵人吗？一定得好好招待，给人家留下一个好印象。可是陶侃穷啊，家徒四壁。而且又连着下了几天的雪，家里的储备都用完了，此刻连一粒米，一根柴火都拿不出来，怎么办呢？这时候，陶母悄悄对儿子说，雪这么大，范孝廉一时半会儿走不了。你把他留下来吃饭，安心陪着他聊天就是，其他的事我来打点。那么，陶母到底是怎么办的呢？她拿出一把剪子，把一头乌油油的长发齐根剪下，编成两副假发，换来了米和菜，又把屋子里的梁柱砍下一半，劈成柴火。有米有火，人不就能吃上饭了吗？可是，范逵和随从都是骑马来的，冰天雪地，到哪儿去找草料喂马呢？大家知道，南方的床上都是铺稻草的，陶母不管三七二十一，把自己和儿子床上的草垫子都抽出来，垫成草料。这么一通张罗，到吃晚饭的时候，陶母居然奉上一桌很像样子的饭菜，把马也喂得饱饱的。范逵已经在这个家里待了一下午了，他知道陶家有多穷。此刻看到如此丰盛的酒食，真是大吃一惊。再仔细一看，陶母那高耸厚实的发髻已经不见了踪影。范逵是个聪明人，马上就明白了是怎么回事，心里不由得既佩服又感动。他已经跟陶侃聊过了，对陶侃印象相当不错，正疑惑如此寒素的家庭怎么会培养出这样知情懂礼的好儿郎，此刻看到他这个贤惠能干的母亲，范逵终于明白了。他不由得赞了一句："非此母，不生此子。"若不是这样有见识的母亲，也生不出这样通达的儿子呀！到第二天早晨，范逵跟陶侃告别的时候，就问陶侃："你想到郡里去做官吗？"陶侃说："当然想啊，只是苦于无人引荐。"范逵说："有缘相会，这件事我帮你想办法。"等范逵到了庐江太守张夔身边，极力称赞陶侃，张夔被他说动了心，招陶侃为督邮，领枞阳县令。陶侃就此踏上仕途，走出了第一步。这就是历史上大名鼎鼎的截发留宾。

怎么看待这个故事呢？好多教育读物都说，这个故事是在讲如何真心对待朋友，或者如何热情招待客人，把这说成陶母的美德。是不是呢？其实并不尽然。想来陶侃的朋友也罢，客人也罢，肯定不止一个，若是他们前来拜访，陶母难道都能截发留宾吗？她一共能有几头长发？她之所以竭尽全力，截发留宾，并非因为范逵是客人，而是因为范逵是孝廉，而孝廉，是一个能够在官府说得上话的人，这个人，对她的儿子太重要了。可能有的读者朋友会觉得，这也太功利了吧？这不是看人下菜碟吗？确实如此。陶母还真是看人下菜碟。而且，这菜碟下得果断，下得到位，这才能给客人留下深刻的印象。这当然是功利心，但更是强烈的企图心和敏锐的应变力，这才是陶母教给陶侃的东西。如前所述，陶侃生活的年代，社会阶层相对固化，改变命运的机会并不多。如果没有强烈的企图心，可能根本就没有改变命运的动力；就算是有企图心，如果没有敏锐的判断力和执行力，也会把握不住机会，只能望洋兴叹。可是，陶母这两样一个都不缺，她有超越那个时代一般女子的雄心和机变，这才能够帮儿子把握住这次难得的机会，用自己的一头长发给儿子编织出了向上腾飞的翅膀。

不过，如果陶母只有这一面，那还够不上四大贤母的标准。事实上，她更值得称道的地方，还不在于有企图心和应变力，而在于有品格，有原则。她在这方面的表现，也有一个典故，叫封坛退鲊。陶侃不是当过鱼梁吏吗？他曾经利用职务之便，派手下人给母亲送去一坛子糟鱼。陶母看到儿子惦记自己，非常高兴，就问送鱼人："我儿子买这坛子糟鱼，花了多少钱？"手下人机灵，想讨湛氏喜欢，就说："您儿子有本事，这坛子鱼，不要钱！"一听这话，陶母马上又把坛子封上了，让那手下人原封不动拿回去。这还不算，她还写了一封信责骂陶侃，说："汝为吏，以官物见饷，非唯不益，乃增吾忧也！"你身为主管，却监守自盗，拿公家的东西送给我，你以为这是贪便宜，能让我高兴，殊不知，这只能让我更担心罢了！陶母担心什么？她担心陶侃见了小利，失了大义啊。一坛子糟鱼确实问题不大，但是，俗话说得好，小时偷针，大时偷金。如果养成贪图小利的毛病，那么，犯更大的错误只是时间问题。更重要的是，一个人如果只知道贪小便宜，那就等于放弃精神追求，放弃人格尊严了。陶侃生活的那个年代，本来就是士庶天隔，而门阀士族瞧不起寒门庶族，有一个很重要的理由，就是"君子喻于义，小人喻于利"。在他们看来，出身寒门的人不可能有什么道德观念，所以就算再能干，也不能委以重任。陶侃真要这么做，不就是坐实了人家这种偏见了吗？如果他只是甘心当一辈子鱼梁吏也就罢了，既然胸怀大志，又怎么能够见小利而忘大义呢！这件事，在历史上叫作"封坛退鲊"。我一直觉得，这才是陶母的精神中，最有光辉的一面。她出身寒门，本身是武官的一个小妾，她的儿子也不过是一个小小的鱼梁吏，在世俗眼中，她根本无须如此清高，如此自律。但是，陶母用自己的行动告诉儿子，也告诉世人，就算是小人物，也不能轻视自己；就算是小人物，也能有大心胸。如果说，截发留宾是陶母对陶侃最重要的帮助，那么，封坛退鲊才是陶母对陶侃最重要的教育。

陶侃受了母亲这么好的教育，他到底学到了什么呢？举两个例子就知道了。陶母截发留宾之后，孝廉范逵就把陶侃推荐给了庐江太守张夔。张夔任用陶侃做枞阳县令，后来又把他提拔为郡主簿，主管文书。有一天，也是天降大雪，张夔的妻子生了重病，需要到几百里之外去接医生。这是个苦差事，大伙儿不免相互推诿。这时候，陶侃慷慨陈词说：侍奉君父是为人臣子的应有之义，郡守就好比我们的父亲，而郡守夫人，就如同我们的母亲一样。父母有病，子女怎么可能不尽心呢？我去！当真就冒着风雪把医生接了过来。陶侃这番举动让张夔非常感动，很快就举荐陶侃为孝廉。这样一来，陶侃算是有了正式的出身。有了出身，陶侃就走上仕途的快车道了。看到这里，肯定有人会说，陶侃太过巴结上司吧？但这其实跟截发留宾是一个道理。陶侃缺少的不是才干，而是机会。机会来了，如果不及时抓住，可能就稍纵即逝。陶侃是湛氏夫人教养长大的，他怎么可能抓不住机会呢？事实上，他果然抓住了机会，也因此更上一层楼。这真是"非此母，不生此子"。

再举一个例子。陶侃一生，最为得意的成就是驻守荆州，治理荆州。要知道，东晋和北方胡族政权划江而治，守的就是长江防线。长江防线上有两个最重要的门户，一个是中游的荆州，一个是下游的扬州。荆州治理得好不好，直接关系到东晋的国运安危。陶侃接手荆州，正值大乱之后，荆州几乎就是一座荒城。士兵无法无天，百姓流离失所。面对此情此景，陶侃"勤务稼穑，虽戎陈武士，皆劝厉之。有奉馈者，皆问其所由来，若力役所致，欢喜慰赐；若他所得，则呵辱还之"。什么意思呢？陶侃是个领兵的人，但他并不拥兵自重。相反，他让士兵都参加生产劳动。如果手下将士送给他东西，他必定会问人家，这是从哪儿来的。人家如果说是自家种出来的，他就高高兴兴地接受，如果是其他不合法的途径得来的，他就把人家骂回去。就这样，荆州不仅生产发展好，而且社会风气正，按照史书的说法，甚至达到了"路不拾遗"的程度。陶侃这种收礼的原则正是来自陶母。当年，陶母封坛退鲊，教出了一个自尊自律的陶侃；现在，陶侃又用同样的方式，教出了一城自尊自律的军队和百姓。这不就是陶母的遗爱吗！

陶侃最后官至东晋太尉、侍中，担任荆州、江州刺史，都督交州、广州、宁州等七州军事，成为名副其实的国家柱石。这样的结局，他当年在江西老家当鱼梁吏的时候，肯定做梦都没想到过。他的母亲湛氏，当然更是无从预料。但是，就在这些还都没有的时候，陶母截发留宾，给了他一种可能。就像当年，孟子还是一个懵懵懂懂的小孩子的时候，孟母就默默地在学宫旁边盖起一座小房子，让他听那琅琅的读书声。乍一看来，陶母只不过是做了一顿饭，孟母也只不过是又搬了一次家而已，这不都是古代妇女最平凡的日常劳动吗？但是，我们中国人深深地懂得，那一粥一饭背后，有着多么远大的梦想，又有着多么坚强的决心。时至今日，有谁敢忽视梦想和决心的力量呢？北宋大诗人苏东坡曾经写诗云："杯盘惯作陶家客，弦诵常叨孟母邻。"他说，自己在同僚家吃了好多次饭，同僚的母亲让他想起了陶母；他又经常听到同僚家传来的读书声，这又让他想起了孟母。很明显，早在北宋，陶母就已经和孟母比肩，成为中国母亲的典范，这个地位直到今天并无改变，以后应该也不会改变。

我们经常说，一个好母亲可以惠及三代。而陶母惠及的，可不止三代。如今，大多数人其实已经不知道陶侃了，但大家一定知道他的曾孙陶渊明。就是那个不为五斗米折腰的清高隐士，那个"采菊东篱下，悠然见南山"的大诗人。表面上看，陶侃和陶渊明完全是两类人，一个立志求官，一个拼命辞官。但是，在骨子里，他们仍然是一样的，他们都是陶母的儿孙，他们都努力摆脱世界强加给他们的宿命，他们也都用自己的精神影响着一代又一代的后人。

谢道韫

未若柳絮
因风起

在我们中国的文化史上，有一个最令人神往的词条，叫"魏晋风度"。所谓魏晋风度，就是指魏晋名士那种率性任情而又风流潇洒的动人风采。如果用一位女性的事迹来表达"魏晋风度"的精髓，那么，这个人应该就是本文的主人公谢道韫。

在我们中国，夸别人是才女，有一个固定说法，叫作咏絮之才。比如，《红楼梦》里给薛宝钗和林黛玉合写的判词说："可叹停机德，堪怜咏絮才。玉带林中挂，金簪雪里埋。"停机德指的薛宝钗，用的是东汉乐羊子妻停下织布机劝丈夫读书的典故，正符合薛宝钗贤妻良母的潜质；而咏絮才指的是林黛玉，用的就是东晋才女谢道韫小时候以柳絮比飞雪的典故，也特别符合林黛玉天才少女的人设。确实，谢道韫给世人留下的最初印象是咏絮，最深刻印象还是咏絮，那咏絮又是怎么回事呢？

当年，谢道韫能够展现出咏絮之才，多亏了她叔叔谢安的一次家教实践课。东晋是中国历史上门阀最盛的时代。东晋的高门有两大姓，一个是琅琊王氏，代表人物是王导；另一个是陈郡谢氏，代表人物是谢安。既然是门阀社会，当然重视家庭教育，这样才能代代有能人，让家族势力一直绵延下去。所以，别看谢安风流倜傥，有王佐之才，但在四十岁以前，他一直高卧东山，不肯做官，就在家里教育子弟。这一年冬天，天降大雪，谢安带着儿子、女儿、侄子、侄女一大群晚辈，都在家里围炉赏雪。眼看着雪花飘飘洒洒自天而落，谢安就问子侄辈："白雪纷纷何所似？"这白雪纷飞像什么呢？谢安二哥谢据的长子谢朗马上答道："撒盐空中差可拟。"在空中撒盐或许可以比拟吧。谢安还没来得及表态，他大哥谢奕的女儿谢道韫说话了："未若柳絮因风起。"什么意思呢？那可就不如把它比作柳絮因风而起了。谢安听了抚掌大笑，极为称赞。这就是咏絮之才的来历，也是谢安对子弟进行启发式教学的生动例证。

谢道韫咏絮这件事很多人都知道，但是，很少有人会去细细思索，柳絮因风到底比空中撒盐好在哪里？我想，有两个好处最为突出。首先看形态。盐是颗粒状的，是硬的、重的；而柳絮是片状的，是软的、轻的。谢家身处江南，江南的雪是什么样的呢？江南的雪水分大，一定是又轻又软的雪片，而不是又干又硬的雪粒。所以，单从形态上说，谢道韫已经赢了，她的观察力更强。再看意蕴。柳絮因风是什么季节的景象？那是十足的春色。而白雪纷纷呢，又是典型的冬景。在诗歌之中，以春比冬是最美的比法，比如，我们熟悉的唐朝大诗人岑参的《白雪歌送武判官归京》，"忽如一夜春风来，千树万树梨花开"不就是用春花比冬雪，一下子就让萧瑟的冬天充满了盎然的春意吗？谢道韫这一比也是如此。可见，在这小女孩的心中，不仅有过人的才华，更有勃勃的生机啊。可能有人会说，唐代大诗人李贺也拿盐比过雪呀。他写的《马诗》第二首不就说"腊月草根甜，天街雪似盐"吗？没错，李贺确实拿盐比过雪，但那是他在模拟马的心情，马是喜欢吃盐的，所以才把雪都当成了盐。谢朗又不是马，他这么比，有什么意思呢？所以说，在意蕴和人生气象上，谢道韫也完胜谢朗，她的心思更敏锐。中国古人最讲"才情"，一个人光有才还不行，心里还得有情。谢道韫这一句"未若柳絮因风起"，既有才，又有情，还有气象，所以才一下子震撼了谢安，也震撼了中国文学史。所以，后世的蒙学读物《三字经》才会说"蔡文姬，能辨琴；谢道韫，能咏吟"，把咏絮当成了女子才华的代表。咏絮之才，也因此成为一个固定成语，成为才女的标志性说法。

　　谢安是谢家的掌门人，他希望芝兰玉树佳子弟都出自谢家门庭，即使女孩子也不例外。所以在教育上，历来是男女一视同仁。谢道韫小小年纪就显示出不凡的才情，谢安当然高看她一眼，这就是元稹所说的"谢公最小偏怜女"。这偏怜到底是怎么表现出来的呢？最重要的表现，就是亲自为她选择夫婿。门阀社会最讲门当户对，刘禹锡《乌衣巷》里不是讲"旧时王谢堂前燕，飞入寻常百姓家"吗？在当时，能和陈郡谢氏比肩的，就只有琅琊王氏了。谢安和书圣王羲之年辈相当，他也不必撒网海选，而是直接把目光对准了王羲之的七个儿子。起初，谢安看中的是王家老五王徽之。王徽之在历史上名气不小，很多人都知道他雪夜访戴的故事。据说，王徽之曾经在一个大雪之夜，忽然想起了老朋友戴安道，就划着小船连夜去看他。到第二天一早，终于来到戴安道的门前。手下人正要敲门，王徽之说："别敲了，咱们回去吧。"手下人很不理解，就问他："咱们顶风冒雪，好不容易划了一夜的船才到这儿，为什么不进去呢？"王徽之说："吾本乘兴而行，兴尽而返，何必见戴！"这就是"雪夜访戴"的佳话。雪夜访戴确实风流，但也难免有任性之嫌，再加上王徽之比较好色，最终没有通过谢安的考察。谢安放下了王家老五，转而决定把谢道韫嫁给王羲之的二儿子——王凝之。

王羲之的儿子配谢安的侄女，这应该算是佳偶天成吧？事实却并不如此。谢安千挑万选选出来的这个侄女婿，根本不合谢道韫的意，还因此引出来一个成语，叫"天壤王郎"。这又是怎么回事呢？据《晋书》记载，谢道韫嫁过去之后，第一次回娘家，就长吁短叹。谢安赶紧问她："王郎是王羲之的儿子，那是不折不扣的名父之子，他自己也算是个青年才俊，你嫁给这样的人，还有什么不高兴的呢？"谢道韫说："一门叔父则有阿大、中郎，群从兄弟复有封、胡、羯、末，不意天壤之中乃有王郎！"什么意思呢？您看咱们谢家，我父亲一辈，有您这样的风流人物；我兄弟一辈，又有谢韶、谢朗、谢玄、谢渊他们几个，个个都是人中龙凤。我跟这样的人相处惯了，从来没想到过，天地之间，竟然还有王凝之这一号货色！这就是成语"天壤王郎"的来历，专指妇女看不起丈夫。王凝之为什么让谢道韫如此看不起呢？大家也不必翻多少学术文章，只要看看互联网上王凝之的词条就明白了。那上面是怎么介绍王凝之的呢？说他是书圣王羲之的儿子，小圣王献之的哥哥，才女谢道韫的丈夫。简而言之，他周围的人，个个都比他强。其实平心而论，王凝之自身并没有那么差，他擅长草书、隶书，后世都说他的书法得王羲之之韵，但是，他不幸生活在一群文化巨人中间，就是这群巨人把他比成了一个矮子。中国古代本来就有嫁女高攀、娶妻低就的传统，而他的妻子却是那巨人之一，这样的巨人怎么能看上一个矮子呢？更何况，王凝之还是一个五斗米道的忠实信徒，整天在家里上香打醮、拜斗画符；而谢道韫呢，偏偏又是个心思灵动、气质超脱的人，她可以喜欢道家，但是对道教却未必感兴趣。这样一来，她的丈夫无论在才华上还是情趣上跟她都不匹配，自然也就难以做到"窈窕淑女，琴瑟友之"了。

既然两个人不般配，能不能离婚呢？可能有人会觉得，古代离婚艰难，贵族人家怕是更不可能吧？其实也不尽然。魏晋时期礼教束缚相对松弛，谢家也并不是一个不开通的人家，谢安自己的女儿嫁给了王羲之的堂侄，也是夫妻不和，最后就以离婚收场。不过，谢道韫虽然不大欣赏丈夫，倒并没有草率离婚，她没能成为仰视丈夫的温柔妻子，但是，她把自己塑造成了王家顶门立户的长嫂。王羲之的大儿子很早就去世了，所以，谢道韫虽然嫁的是二儿子，却是王家事实上的长嫂。是长嫂，就得有长嫂的风范。魏晋时代有一种特殊的风气，叫作清谈。所谓清谈，有点像如今的辩论。只不过现在辩论的题目包罗万象，而魏晋时代，人们谈的主要是玄学，也就是说，以《老子》《庄子》《周易》这"三玄"为主要话题，谈一些清高玄远的哲学问题。比如说，世界是生于有还是生于无？老庄和孔孟有什么不同？等等。擅长清谈的，就被视为名士，受人追捧；不擅长的，即使当了大官，别人也觉得你是个土包子。有一天，王凝之的弟弟王献之在厅堂上跟客人清谈，眼看落了下风。谢道韫很替他着急，就派了一个婢女假借奉茶走到王献之面前，悄悄对他说："夫人欲为小郎解围。"所谓小郎就是小叔子，谢道韫是说，你不中用，让我来！可是，古代讲究"男女授受不亲"，高门大户尤其重视规矩礼法。谢道韫虽然才思敏捷，到底身为女子，怎么能跟客人面对面辩论呢？这点小麻烦难不倒谢道韫，她让婢女在门前挂上一块青布幔，遮住自己，然后就站在门后，在王献之之前论点的基础上旁征博引，跟对方舌战。不一会儿的工夫，客人理屈词穷，甘拜下风。这个舌辩滔滔，顶起一门雄风的已经不是谢家小女，而是王门长嫂，天才少女经历了一番淬炼之后，终于把稳船舵，让人生的航船驶向了更宽广的大海。

这个世界无论什么时候都存在着竞争，只不过是竞争的内容千差万别罢了。石崇那样的土豪只会斗富，真正世家大族比拼的，永远是人物。而且，从男子到女子都在比。当时，江东地区有两大才女，一个是谢道韫，另一个叫张彤云。这两个人背后，都有各自的家族势力。站在谢道韫背后的当然是陈郡谢氏，而陈郡谢氏背后，又有所谓的"侨姓士族"。侨姓士族是指随东晋王朝从北方搬到江东去的贵族，以王谢两族为代表。而站在张彤云背后的，除了本家吴郡张氏之外，还有张氏所代表的"吴姓士族"，也就是江东的本土贵族，以顾、陆、朱、张四姓为最大。这两派贵族一直明争暗斗。谢家的儿子谢玄是谢道韫的小迷弟，到处说自己的姐姐举世无双；而张家的儿子张玄则是宠妹狂魔，说自己的妹妹张彤云绝对不比任何人差。那到底谁更厉害呢？他们找到了一个跟这两位才女都有来往的尼姑——济尼，请她做个判断。大家想，济尼能够游走于不同派系的权贵之门，到处受人尊重，肯定是一个明察善断之人，而且得有左右逢源的本事。她有态度，但又谁都不想得罪，怎么表态呢？济尼说："王夫人神情散朗，故有林下风气；顾家妇清心玉映，自是闺房之秀。"什么意思呢？所谓王夫人就是谢道韫，因为嫁给王凝之，所以叫王夫人。所谓顾家妇就是张彤云，因为嫁到顾家，所以称顾家妇。这个尼姑说，谢道韫神情舒散清朗，让人感受到林下风度；而张彤云冰清玉洁，也是妇女中难得的人才。这个评价怎么样？表面上看不偏不倚，实际上还是表了态的。所谓林下风度，就是竹林七贤的风度，那是魏晋风度的集中体现，说谢道韫有林下风度，也就是把谢道韫看成了女中名士，说她可以跟同时代最杰出的人物等量齐观，这可是最高规格的赞美；而说张彤云是闺房之秀，那只能算是妇女中的拔尖人物，跟谢道韫相比，自然就等而下之了。济尼这个评语一出来，天下叹服，从此之后，"林下风度"也成了一个成语，专门指巾帼不让须眉的奇女子。

那么，谢道韫的林下风度到底体现在哪里？个人觉得，既不是少年时期的咏絮聪明，也不是青年时期的辩才无碍，谢道韫最动人的风度，体现在她晚年经历的一次大变乱上。东晋末年，爆发了孙恩、卢循起义。起义军声势浩大，来势汹汹。当时，王凝之正担任会稽内史。会稽郡是侨姓士族的大本营，又是都城建康的东南门户，所谓会稽内史，就是东晋会稽郡的军政长官，可想而知，地位何等重要。形势迫人，王凝之表现如何呢？一言以蔽之，王凝之掉链子了。他不是信奉五斗米道吗？面对强敌，他根本不肯积极备战，而是紧闭房门，磕头祈祷。祈祷完毕，王凝之出来对下属说："我已经请求道祖，跟他借了鬼兵，现在每个关津渡口都有好几万鬼兵把守着，你们不必害怕。"这不是鬼话连篇吗？谢道韫是谢安的侄女，而谢安是指挥过淝水之战的人，谢道韫自幼受谢安教养，胸中是颇有谋略的。她才不信什么鬼兵，就苦苦劝谏丈夫。可是，王凝之鬼迷心窍，一概不理，谢道韫也无可奈何。

既然王凝之不设防，孙恩大军也就顺顺当当杀进了会稽城，这时候，王凝之才明白过来，他无计可施，只能弃城逃跑。可是，大敌当前，他又如何能够逃得了呢？一阵砍杀之下，王凝之和他的几个儿子都成了刀下之鬼。这个时候，谢道韫已经接近五十岁了，咏絮清谈了几十年，她其实从来没见过兵戈。但是，眼看着丈夫和几个儿子相继惨死，她却临危不乱，手持利刃，带领家中女眷冲了上去。有道是狭路相逢勇者胜，谢道韫虽是纤纤弱质，悲愤相激，居然也手刃了好几个敌兵。然而，寡不敌众，谢道韫最终还是被俘虏了，这个时候，她的手里还拉着只有几岁的外孙刘涛。面对着杀红了眼睛的孙恩，谢道韫说："这是我们王氏一门的事情，这孩子姓刘，此事跟他无关。你要杀他，先杀了我！"孙恩本来是个杀人不眨眼的魔王，但是看着眼前这个无所畏惧的老太太，竟然放下了屠刀。

什么叫林下风度？这种泰山崩于前而色不变的气概才是真正的林下风度。当年，谢安指挥淝水之战的时候，放手让弟弟谢石、侄子谢玄去前线跟敌人厮杀，自己只坐在家里，跟客人下棋。一局未了，前方战报送到，谢安看了一眼，放在旁边，继续下棋。

要知道，淝水之战可是关系到东晋政权生死存亡的大战，看到谢安不言语，客人坐不住了，赶紧问谢安："这时候还下什么棋呀，您倒是说说，前方到底怎么样啦？"谢安头也没抬，淡淡地说："没什么，孩子们已经把敌人打败了。"看到没有？这叔侄两人多像啊。虽然一个是男，一个是女，一个大获全胜，一个一败涂地，但是，他们的风度气概是一样的，不以物喜，不以己悲，临危不惧，临难不苟，闪耀着真正的贵族精神。

谢道韫晚年的时候，独自一个人住在会稽的家中。有人找她求学或者清谈，她也并不拒绝，仍然像当年替王献之解围的时候那样，挂一匹帐子，在帐子里侃侃而谈。她已经一无所有，但是，她绝不失魂落魄。恰恰相反，她写下一首流传至今的诗篇，名叫《拟嵇中散咏松诗》。诗云："遥望山上松，隆冬不能凋。愿想游下憩，瞻彼万仞条。腾跃未能升，顿足俟王乔。时哉不我与，大运所飘摇。"什么意思呢？遥望那高山顶上的青松，隆冬也不能让它凋零。我真想在那松下自在休闲，瞻仰它那茂密的万丈枝条。然而我无法登上高山，只能羡慕白日飞升的仙人王子乔。时运终究不眷顾我，我只能随着命运飘飘摇摇。这首诗中没有闲花野草，它有的只是隆冬中依然苍翠的大松树，还有松树下那苍凉而又感慨的诗人。它不像是一般女性的浅吟低唱，而像一位垂老壮士的深深叹息。若有风骨藏于心，岁月从不败美人。经历了人生的大起大落，谢道韫从轻盈的柳絮活成了挺立的青松，这才是最令人敬佩的成长。

碧玉

碧玉小家女，
不敢攀贵德

　　魏晋南北朝时期创造出了两个成语，都用来形容女性。它们代表了传统女性两种截然不同的风范，直到今天还在我们的生活中广泛应用。这两个成语，一个叫"大家闺秀"，出自《世说新语·贤媛》，就是谢道韫和张彤云斗法的时候，济尼评价张彤云的那句话："顾家妇清心玉映，自是闺房之秀。"从此之后，大家闺秀就用来指出身世家大族，端庄贤惠的女子。另一个成语叫"小家碧玉"，出自《乐府诗集·碧玉歌》，说的就是本文的主人公碧玉。

　　《乐府诗集·碧玉歌》是怎么回事呢？这就涉及中国古代的一些文学知识了。当年，汉武帝设立了一个政府机构，就叫乐府，派人到处采风，专门收集和整理各地的民间音乐，借此来了解各地的民风民情。后来，乐府诗发展得越来越有特色，到魏晋南北朝时期，乐府就逐渐从机构的名称演化成为一种诗体的名称，不管来自民间采集还是来自文人创作，只要是合过乐，能够演唱的诗歌都叫乐府。南北朝时期不是南北分裂吗？乐府也就分成了北朝乐府和南朝乐府。北朝乐府是北方民歌，基本上都能归入"鼓角横吹曲"，吟唱战争，也吟唱生活，曲调就像当时的北方人一样，质朴豪放。比如，我们熟悉的《木兰诗》，就是北朝乐府的典范。南朝乐府是南方民歌，基本上都归入了"清商曲"，内容主要是讲爱情，曲调也像当时的南方人一样，温柔婉约，富有女性气息。

《碧玉歌》属于南朝乐府中的清商乐，讲的正是爱情主题。谁和谁的爱情呢？北宋郭茂倩在编《乐府诗集》的时候，给它写了一个题记："《碧玉歌》者，宋汝南王所作也。碧玉，汝南王妾名。以宠爱之甚，所以歌之。"大意是说，《碧玉歌》是刘宋王朝的汝南王所写。碧玉是汝南王的爱妾，汝南王喜欢她，所以才给她写了《碧玉歌》。也就是说，《碧玉歌》讲的是汝南王和碧玉之间的爱情。这本来是一个很清楚的题记，可是我们翻翻历史书就会发现，刘宋王朝并没有汝南王，倒是东晋有一个汝南王司马义。东晋后来被刘宋所取代，两个朝代挨得特别近，所以大多数学者都认为，这个宋汝南王其实就是指东晋汝南王司马义。那么，司马义和碧玉之间到底有着怎样的爱情故事呢？正史之中一个字都没有提。但是，看看《乐府诗集》中这几首《碧玉歌》，我们自己就能连缀起一个完整的爱情故事。

碧玉破瓜时，郎为情颠倒。芙蓉陵霜荣，秋容故尚好。

碧玉小家女，不敢攀贵德。感郎千金意，惭无倾城色。

碧玉小家女，不敢贵德攀。感郎意气重，遂得结金兰。
碧玉破瓜时，相为情颠倒。感郎不羞郎，回身就郎抱。

先看第一首。"碧玉破瓜时，郎为情颠倒。芙蓉陵霜荣，秋容故尚好。""碧玉破瓜时"是指什么时候？很多人望文生义，一下子就想成了新婚之夜。是不是呢？并不是。中国古代篆书的瓜字，看起来像是两个八字的合体，所以古人又把二八年华雅称为"破瓜"。二八年华是十六岁，这样说来，所谓"碧玉破瓜时"，就是碧玉十六岁的时候。再看第二句，"郎为情颠倒"。这里的郎，当然是汝南王司马义。贵为王爷的司马义见到了十六岁的碧玉，一下子就为她倾倒了。为什么会如此一见钟情呢？下两句说得清清楚楚。"芙蓉陵霜荣，秋容故尚好。"很明显，这次见面发生在秋天，那小小的碧玉，就像是开放在秋天里的一朵芙蓉花一样，虽然被霜露欺负得有点楚楚可怜，但是姿态仍然是那么美好。这就是第一首《碧玉歌》所讲的故事：碧玉初会汝南王，汝南王被她出水芙蓉一般的纯净所打动，以至于"郎为情颠倒"了。那碧玉怎么想呢？这首诗里没讲。不过别着急，接着看第二首。

"碧玉小家女，不敢攀贵德。感郎千金意，惭无倾城色。"碧玉我是小户人家的女儿，怎么敢高攀您这样的贵人。我感激您对我的深情，但是我太惭愧了，因为我并没有倾国倾城的姿色。这真是小家碧玉的本色。谢道韫嫁给王凝之，会不会说"道韫小家女，不敢攀贵德"？她才不会。陈郡谢氏和琅琊王氏是同等级别的高门大族，而她的个人才华又比王凝之高了一大截。所以，她只会说："不意天壤之中乃有王郎！"她平视着王凝之，甚至俯视着王凝之。但是碧玉不一样。她是谁家的女儿？不知道。她的本名当真就叫碧玉吗？应该也不是。她只是汝南王府买进来的一个歌女而已。既然进了王府，本姓本名就都丢掉了，任凭主人赏赐一个名字。这就像《红楼梦》里，贾宝玉的大丫头袭人一样，她本来姓花，可是，到了贾府，这个姓氏就没用了。她服侍贾母的时候，贾母给她起名叫珍珠，那她就是珍珠。到了贾宝玉这边，贾宝玉给她改个名字叫袭人，那她就是袭人。像碧玉这样连名字都没有的小姑娘，忽然被汝南王那样的大人物看上，她的第一个感觉是什么？绝不是幸福，而是惶恐。所以她才会说："碧玉小家女，不敢攀贵德。"您这样高贵，我高攀不起呀。她惶恐着，拒绝着，汝南王呢？一定是继续示好，夸她漂亮，像芙蓉花一样。尽管如此，碧玉仍然觉得难以置信，自己真的有那么漂亮吗？这才有了诗中的第三句和第四句："感郎千金意，惭无倾城色。"这里所说的"千金意"可不是说汝南王给了她贵重的礼物，而是说，汝南王对她的厚爱价值千金。能得到王爷厚爱，碧玉自然是高兴的，可是，她对自己又是那么不自信，她觉得自己没有倾国倾城的美色，根本配不上高贵的王爷。这种诚惶诚恐，既幸福又不敢相信的心理，刻画得多么细腻！这就是"小家碧玉"这个成语的来历。别看"小家碧玉"这四个字，在全诗的第一句"碧玉小家女"里已经出现了，但是，要想真的理解这个成语的内涵，还得把全诗都读完。到底什么样的姑娘才叫小家碧玉呢？词典里给出的解释是"指小户人家的年轻美貌的女子"。这个解释当然没错，但是并没有完全抓住核心，小家碧玉最核心的气质就是那种掩饰不住的不自信，而这种不自信又让她显得格外娇羞谦逊，楚楚动人。这样温柔的仰视姿态对男性特别是古代男性来说格外具有杀伤力，汝南王因此更喜欢她了。那接下来呢？

接下来看第三首："碧玉小家女，不敢贵德攀。感郎意气重，遂得结金兰。"看到没有？碧玉一开始还在推托，她说："碧玉小家女，不敢贵德攀。"碧玉我是小户人家的女儿呀，您这样尊贵的人物我可不敢高攀。可是，在汝南王强大的爱情攻势之下，碧玉终于放松下来了。她说："感郎意气重，遂得结金兰。"我们现在觉得，所谓义结金兰，就是结拜为异姓兄弟，或者结拜为异姓姐妹。但在古代，金兰之交还可以指男女之间的情意。碧玉感动于汝南王对她的深情厚谊，终于答应和他义结金兰。到此为止，这段爱情已经走出了三部曲：第一步是汝南王为情颠倒，第二步是碧玉惶恐逃避，第三步是碧玉终于接受。那第四步又该如何呢？

看第四首："碧玉破瓜时，相为情颠倒。感郎不羞郎，回身就郎抱。"这第四首诗的第一句"碧玉破瓜时"和第一首诗的第一句一模一样，可是，到第二句就有区别了。第一首诗的第二句是"郎为情颠倒"，那还只是汝南王的一厢情愿；但是，到了第四首诗，第二句已经变成了"相为情颠倒"，这不再是一个人独舞了，而是两个人相对起舞，这份爱情已经从汝南王的一厢情愿，变成汝南王与碧玉的两情相悦了！被爱情鼓舞着的碧玉，终于摆脱了小家碧玉的拘谨和羞涩，她变得既开朗又大胆，主动追求着爱情。怎么主动追求呢？第三、四句诗云："感郎不羞郎，回身就郎抱。"因为有爱，就不再怕羞了，相反，她回过身去，一头扎进了汝南王的怀抱。这还是那个反复念叨着"碧玉小家女，不敢攀贵德"的碧玉吗？既是，又不是。她还是那朵美丽的芙蓉花，只不过开始的时候，那芙蓉还只是含苞，此时此刻，她却已经蓬勃地怒放了。这十六岁的花季是多么甜蜜呀。本来，我们中国人是非常含蓄的，在正统诗文中很难看到像"感郎不羞郎，回身就郎抱"这样热情甚至是赤裸裸的情感表达。但是，乐府来自民歌，它虽然也会经过文人的整理和雅化，但是，底子仍然是属于民间的，带着民歌特有的坦率和深情。就像这一组《碧玉歌》，虽然号称是汝南王所作，也有人说是文人孙绰所作，但是，非常多的学者都认为，这应该就是民歌，假托了一个有名气的作者而已。事实上，也只有民歌才能够把感情写得如此强烈而又如此纯真，让人一点都不觉得猥亵，只觉得美好。

《碧玉歌》流传开来之后，碧玉也就成了清纯美少女的代名词，在诗文之中反复出现了。就拿贺知章那首著名的《咏柳》来说吧，"碧玉妆成一树高，万条垂下绿丝绦。不知细叶谁裁出，二月春风似剪刀"。拿美人比春柳，怎么比呢？比西施？太艳了。比昭君？太正了。还是贺知章最会打比方，他把那春天的垂柳比成年方十六岁的碧玉，碧玉有多娇艳，柳色就有多娇嫩。"碧玉妆成一树高，万条垂下绿丝绦"，这是多么可爱的比喻啊。

可能有的读者朋友会疑惑，魏晋南北朝时代有名气有故事的妇女那么多，你为什么要放下那些历史名人，来写一个在正史中连名字都没有的碧玉呢？其实，我是想借着碧玉，跟大家讲一讲这个时代的婚姻与爱情。东晋南北朝的时候，中国分裂成了北方的胡人政权和南方的汉人政权。南方和北方都是门阀社会，婚姻都要严格遵守门当户对的原则，但是，两个地方的社会风俗又不一样。总的说来，北方受胡人的影响，夫人们都比较能干，她们在社会上横冲直撞，替子求官，为夫诉讼，大搞"夫人外交"；在家里也毫不示弱，大多数都要求丈夫遵守一夫一妻的原则。按照当时人的说法，是"父母嫁女，则教之以妒；姑姊逢迎，必相劝以忌"。父母嫁女儿的时候，先教她嫉妒；姐妹们凑在一起，也都互相提醒着要盯紧丈夫。所以，隋朝的开国皇后独孤伽罗才会在新婚之夜就让丈夫立下誓言，一辈子只娶她一个。独孤皇后结婚的时候还是北周的天下，所以，她的强悍，反映的正是北朝风气。

但是，南方和北方不同。南方受汉族的礼法约束更大，夫人们平时很少见外人，就连号称有林下风度的谢道韫，要想和人清谈，也只能躲在帘子后头。夫人们不光是社会影响力小，在家庭之中也更为柔顺，大多数都容许丈夫纳妾。就拿谢道韫的小叔子王献之来说吧，他最初娶的是自己的表姐郗道茂，后来又被新安公主司马道福看中，被迫休了郗道茂，成了新安公主的驸马。按说，新安公主能够在使君有妇的情况下硬生生地夺人所爱，够强悍了吧？可是，就算贵为公主，她也没法禁止王献之纳妾。据说王献之四十岁左右的时候，纳了一个小妾，取名桃叶，爱如珍宝。桃叶的娘家和王家隔秦淮河相望，桃叶过河省亲，王献之总是放心不下，每次都要亲自到渡口送行。送行就罢了，他还写了一首《桃叶歌》："桃叶复桃叶，渡江不用楫。但渡无所苦，我自迎接汝。"什么意思呢？桃叶啊桃叶，你那么轻盈，渡江都不用划桨了。你就放心渡河，不用害怕，我自然会到这里来接你回家。据说，南京的桃叶渡就是这么来的。想想看，桃叶与王献之的故事，像不像另一个版本的碧玉和汝南王？这么赤裸裸地调情，也让人听出了满满的狗粮味道。这就是南朝大家族的生活状态，夫妻之间相敬如宾，维护着世家大族的共同利益；但是，真正承担着情感角色的，却往往不是顶着大家闺秀光环的夫人，而是那些温婉可人的小家碧玉。就拿王献之来说吧，他临终之前，有人问他，你这辈子干过什么让自己不安的事吗？他说，别的都想不起来了，就记得和郗道茂离婚这件事。临死之前都还充满着对原配夫人的愧疚之情，可见他对新安公主并无太大的好感，但是，迫于政治压力，他也只能接受这段婚姻。不过，就算他每天对新安公主行礼如仪，恐怕也抵不上这一句"但渡无所苦，我自迎接汝"来得温暖吧。

我们现在当然支持一夫一妻制，绝不容许纳妾，但是，在特别追求门当户对、政治联姻的南朝，这种"碧玉小家女，来嫁汝南王"式的爱情也未尝不意味着人性的解放。王孙公子与大家闺秀的婚姻总是联系着家国天下，但是，小家碧玉们却在历史的缝隙中探出头来，偷得浮生半日闲，享受一下没什么保障，但仍然令年轻的心怦怦跳动的小情小爱。她们的娇羞和热情仿佛一道柔光，照亮了那段混沌的历史。说到这里，我不由得想起清朝袁枚的那首诗来："白日不到处，青春恰自来。苔花如米小，也学牡丹开。"江南的小家碧玉就像那如米的苔花一样，静悄悄地走进了中国历史的画卷，她们也有青春，也曾盛开。

苏小小

妾乘油壁车，
郎骑青骢马

任何时代，女性都是分层的。生物学意义上的一致并不能改变她们在社会学意义上的巨大落差。等级森严的魏晋南北朝时期有风度潇洒的名门闺秀，有温婉可人的小家碧玉，也有风流婉转的奇优名妓。我们中国的古人其实并不肯埋没人才，他们不仅排出了四大才女、四大美女、甚至还排出了所谓的四大名妓。都有谁呢？南朝苏小小，北宋李师师，明末的陈圆圆和柳如是。在这四大名妓之中，为首的就是本文主人公，南朝名妓苏小小。

苏小小是谁？词典里会介绍说，她是钱塘名妓。但是我觉得，与其说她是一个真实存在的钱塘名妓，倒不如说，她其实是中国文人做的一个梦。这个梦就从南朝的《钱唐苏小歌》做起。南朝是怎么来的呢？这还得从汉末大乱、天下三分说起。曹操、刘备、孙权三人建立魏、蜀、吴三国，其中，吴国定都江南，这就给后来的南方政权打了一个底子。后来，三国归于一统，演变成西晋。西晋后期，五胡入华，北方成了胡人的天下；而晋朝的皇室则逃往南方，建立了东晋。东晋灭亡之后，宋、齐、梁、陈四个王朝依次更迭。这四个王朝都由汉人建立，又都定都南京，就被合称为南朝。杜牧诗云："南朝四百八十寺，多少楼台烟雨中。"指的就是这四个王朝。南朝偏安江南，疆域狭窄，军事实力也不及北方强；但是，有得必有失，它的文化特别繁荣，而且比较富有女性气息。这首《钱唐苏小歌》正是如此。

歌云："妾乘油壁车，郎骑青骢马。何处结同心？西陵松柏下。"所谓"妾"是古代女子的自称，而油壁车，是一种比较高级的车子，车壁涂了油，既结实，又轻便。中国古代严男女之大防，女子出行，总要把自己遮蔽起来。既然如此，这轻便的油壁车就成了姑娘们出行的最佳选择，也是她们的形象符号。一句"妾乘油壁车"，我们已经明白了，这是一首以女性口吻写成的诗，诗的主人公就是这个坐着油壁香车的女子。女子的标准形象是坐在车里，男子的标准形象则是骑在马上。青骢马的毛色青白夹杂，本来算不得特别出众的宝马，但是，因为汉乐府《孔雀东南飞》里，迎娶刘兰芝的县令之子骑的是"踯躅青骢马"，从此之后，青骢马就成了翩翩贵公子的标配。这就是第二句"郎骑青骢马"。一妾一郎，一车一马，两个人并肩而行，是要干什么去呢？"何处结同心？西陵松柏下。"原来，两个人是要订终身去了，而且，为了让这永结同心的约定更有仪式感，她还特地选择了西陵松柏下，希望这爱的誓言像松柏一样常青，也希望两个人能够同生共死。

所以，这首诗翻译下来，就是"我乘油壁车，你骑青骢马。何处结同心？西陵松柏下"。这就是苏小小最初的形象，她拉上一个"青葱"少年，到西陵去私订终身，那少年不是令人鄙薄的天壤王郎，而是她心目中的真命天子，所以，她才要郑重其事，到松柏之下去永结同心。这样大胆追求爱情的苏小小，真让人觉得可爱，这是文人的第一个梦。

不过，这可爱背后，也让人心存疑虑。什么疑虑呢？这首诗并没有说清她的身份。苏小小没有家长的主持，就和一个男子来往，甚至私订终身，这显然不是大家闺秀，甚至都不像良家女子。古代的良家女子，哪能如此大胆放肆呢？这样看来，苏小小恐怕就有娼妓的嫌疑了。事实上，古人也正是根据这首诗，给她安了一个头衔，叫作钱塘名妓。娼妓好像有自由，也好像有爱情，但是，她们自由的背后其实是无依无靠，她们的爱情也很难修成正果，这样一来，她们的结局也就可想而知了。所以，这首诗虽然说的是"何处结同心，西陵松柏下"，好像是在祝福郎情妾意如松柏常青，但是，因为有了对娼妓命运的基本认识，再有"西陵"这样带着死亡气息的地名，让我们这些后人读起来，就不免会猜想，她的这一番心意一定没有实现，她最终肯定是香消玉殒，埋在这西陵之下，松柏之中了！

是不是呢？其实没人知道。可是，到了唐朝，有一位大诗人，用如椽巨笔，把这个悲剧故事给坐实了。这个人就是诗鬼李贺。李贺为苏小小写了一首非常著名的诗，叫《苏小小墓》。诗云："幽兰露，如啼眼。无物结同心，烟花不堪剪。草如茵，松如盖。风为裳，水为佩。油壁车，夕相待。冷翠烛，劳光彩。西陵下，风吹雨。"

别看也有香车美女，这首诗和《钱唐苏小歌》可大不一样，它不是在写活着的苏小小，而是在写苏小小的鬼魂了。那幽兰上的露水，是她含泪的双眼；她没有什么东西可以绾成同心结，那坟上的草花也不堪一剪。坟头的青青绿草，是她的褥垫；亭亭青松，是她的罗伞；习习春风，是她的衣袂飘动；潺潺流水，是她的环佩叮咚。那空无一人的油壁车，还在晚风中苦苦等待；那闪着绿光的鬼火（翠烛），也白白地焕发着死亡的光彩。那凄凉的西陵之下，只有瑟瑟寒风吹打着冷冷的雨。这首诗美不美？真美。冷不冷？也真冷。因为它吟咏的不再是世上的人，而是九泉下的鬼。苏小小为什么从人变成了鬼？因为那骑在青骢马上的有情郎不见了。油壁车等不来青骢马，苏小小也绾不成同心结，那本应照亮两人身影的翠烛，也只能白白地燃烧，虚幻着光彩。大概，这正是苏小小流泪的原因，也正是苏小小真正的死因吧？可是，她即便是死了，也还在风雨之夕，彻夜等待。这个形象，多么哀怨，又是多么痴情啊，和南朝那个多情而欢乐的苏小小已经大相径庭了。

那么，李贺为什么要塑造这么一个苏小小呢？一方面，他和我们一样，受到了"西陵松柏下"的强烈暗示，觉得这样的风尘美女前景堪忧，凶多吉少；但另一方面，这也是古代诗人惯用的手段，借他人之酒，消自己胸中之块垒。李贺曾经是个少年天才。七岁已能写诗，少年时代就名扬四海。这样的才华横溢，像不像苏小小那"风为裳，水为佩"的绝世美貌？然而，这位天才诗人却又一身多病，一生坎坷。只因为他爸爸名叫李晋肃，他就得避讳"进"这个读音，终身不能考进士，也因此无法顺利进入仕途。这样的怀才不遇，不就和苏小小痴情而被辜负是一样的吗？两个人都是"无物结同心，烟花不堪剪"，一腔心事化成了灰。可是，就像苏小小虽然已经成为泉下之鬼，却还在苦苦守候着爱情一样，李贺虽然处处碰壁，但也还是怀揣梦想，苦苦守候着建功立业的机会。这就是"油壁车，夕相待"，这是女子的痴情，更是文人的痴心。这样的苏小小，固然叫人觉得可怜，但是，也有一份难能可贵的坚贞吧？这是文人的第二个梦。

可是，文人的梦到这里还没有做完。清朝的康熙年间，出了一本名叫《西泠韵迹》的古典白话小说，署名古吴墨浪子，又讲了第三个版本的苏小小故事。这个故事，个人觉得，比《卖油郎独占花魁》《杜十娘怒沉百宝箱》一类经典的青楼故事都更有趣，也更符合现代人的心理。

故事里说，苏小小原本就出身娼家，父亲自然不知道是谁，母亲也很早就去世了。她和一位贾姨娘一起，住在西湖边的西泠桥畔。大概是受到西湖明山秀水的滋养吧，苏小小长到十四五岁的时候，就已经姿容如画，出口成章了。她极爱西湖山水，既然是娼家女儿，没有父母管束，她就叫人造了一辆油壁车，每天在湖畔自由往来，指点江山。这样美丽而招摇的女孩子自然吸引了无数目光，人们纷纷议论说，这样的姑娘，一个人出门，肯定不是大家闺秀了，可是看她这慷慨挥洒的样子，哪个小家碧玉能有这样的风度呢？苏小小听人议论，也不烦恼，反而冷笑一声，信口吟出一首诗："燕引莺招抑夹途，章台直接到西湖。春花秋月如相访，家住西泠妾姓苏。"什么意思呢？我这一路招蜂引蝶，从章台的花街柳巷一直引到了西湖。你们如果在春花秋月的好时节想拜访我，那就记住了，我家住在西泠桥，我本人姓苏。一点都不怕人，也一点都不忌讳自己娼家的出身。真是个有个性的奇女子。既然说开了身份，自然就有公子王孙前来打听，想要讨了她做妾。可是，苏小小一概拒绝了。她跟贾姨娘说，我这一辈子酷爱自由。若是去了大户人家做妾，哪能像现在这样，每天自由自在，游山玩水？何况既然是大户人家，必定姬妾众多，与其到那里争风吃醋，做个低眉顺眼的小妾，何如在这里风流潇洒，做个出类拔萃的佳人！想想看，这是不是和我们看惯了的那些一心寻找下家从良的妓女不大一样？别人都把青楼当作作孽的地方，她倒拿它当了一个修行的道场。

可是，把无情挂在嘴边的佳人未必是真无情。有一天，她的油壁车碰到了一匹青骢马，这马上有一个少年，俊秀非常，眼睛只盯着她看。苏小小嫣然一笑，又随口吟了四句诗："妾乘油壁车，郎骑青骢马。何处结同心，西泠松柏下。"其实就是我们之前所说的那首《钱唐苏小歌》，只不过把"西陵"两个字中陵墓的"陵"换成了三点水旁的"泠"。得到美人青眼，少年当然开心。第二天，这少年便找到了苏小小家。两个人都是落拓不羁之人，既然一见钟情，很快就双宿双飞了。然而，这少年并不是一般人物，他名叫阮郁，有一个当宰相的爸爸。这样的老爹自然不能容忍宝贝儿子跟一个妓女纠缠，三个月之后，阮郁的父亲棒打鸳鸯，把阮郁弄回了金陵。苏小小和阮郎骤然分离，是不是会大病一场，心灰意懒呢？她才没有那般颓唐。没过几天，苏小小又坐着她的油壁车，出现在西湖的山水之间，照样招蜂引蝶，吟诗作赋。

又是一个秋天。苏小小到石屋山散心，忽然看见一位壮年书生，衣衫褴褛，但是气度不凡。一番打量之后，苏小小主动上前

116

搭话了。她说："我是钱塘苏小小。我看你眼下虽然落魄，日后必定高中状元。如今南北分裂，国家正是用人之时，还请先生立志发奋，不要辜负了自己。"这书生名叫鲍仁，一听苏小小如此看重他，当即感动得热泪盈眶。他说："没想到我鲍仁的知己，竟然在风尘女子之中！姑娘说得自然不错，可是，我虽然也想发奋，只是京城路远，我又身无分文，奈何奈何！"苏小小慨然道："别的事情我帮不到你，这一点路费，还不容易！"当即就把鲍仁领回了家，封足一百两纹银，直接就送他上了路。大家看，这像不像《红楼梦》里，甄士隐对贾雨村的资助？其实，苏小小比甄士隐还潇洒，甄士隐和贾雨村已经是老相识，而苏小小仅凭一面之交，就慷慨解囊，真是侠肝义胆。资助完鲍仁又如何呢？苏小小也并非把宝押在他身上，天天苦等他高中，她还是每天乘着油壁香车，徜徉在西湖的山水之间，仿佛什么都没发生过一样。

　　然而世界上并没有永远的岁月静好。没过多久，苏小小偶感风寒，竟然一病不起。从小跟随她的贾姨娘痛不欲生，责怪苍天无情。苏小小笑道："姨娘不要再怨天怨地了，这不是老天不仁，恰恰是老天在成全我呢。我一个弱女子，每天往来谈笑的非富即贵，要不便是鸿儒硕学，姨娘以为我是靠什么？不就是倚仗着青春貌美吗！可青春能有几年？等到人老珠黄之时，不仅人人厌烦，甚至连如今的风流美名也都毁了。现在，老天有眼，即时收了我去，这不是对我最大的仁爱吗！"想想看，这不就是古人所说的"美人自古如名将，不许人间见白头"吗？凄凉之外，却又有一种清醒和自尊，跃然纸上。

　　临终之际，贾姨娘又问她：是否还有未了的交情？后事丰俭如何处置呢？小小淡然道："所谓交，不过是浮云；所谓情，也不过是流水；随有随无，忽生忽灭，有什么放不下的？至于后事，我既然已死，丰俭又有什么要紧呢？只是我生于西泠，死于西泠，还希望埋骨于西泠，请您别辜负我这一点山水之癖吧。"

这样一个女子，真是超脱。可能有人会觉得，都超脱到无情了。是不是呢？其实并不是。如果真的无情，又何必执着于"埋骨于西泠"？在这个问题上，我觉得哲学家冯友兰先生说得最好："真正风流的人，有情而无我，他的情与万物的情有一种共鸣。"大概，苏小小就是这样有情而无我的人，她没有执着于一般的人情恩怨，而是把自己融入了自然山水之中，和西湖化为一体，也就和西湖一样，成为永恒了。

这第三个故事，又是什么梦呢？我觉得，这里有两个梦。第一个是落魄文人渴望红粉知己拯救的侠女梦。这其实是明清文人最喜欢做的梦了，《聊斋志异》里，有多少这样的美梦啊。永远是阔小姐爱上了穷书生，为穷书生贴钱贴物，掏心掏肝。苏小小的故事里，有这种梦的影子，但是又不大一样。她的确是资助了一个穷书生，但是，却并没有因此爱上他，更没有指望他回来娶她。换句话说，苏小小资助穷书生，是因为她愿意，仅此而已。这可是一种挺新鲜的创造。这个创造，又勾连出了文人的另一个梦，什么梦呢？渴望人格独立的自由梦。众所周知，清朝的社会比较压抑。不要说女子，就是男子，也深陷于纲常名教的天罗地网中，说话做事，往往身不由己。他们改变不了这样的社会现实，就借苏小小的大名，创造出这么一个特立独行的奇女子——富贵的，不谄媚；贫贱的，不轻视。缘来了，不拒绝；缘散了，不强求。

活着担风袖月，死了埋骨烟霞。她从不辜负自己，也从不辜负河山。娼家生涯当然不值得歌颂，但是，抛开职业不说，这样的苏小小，也算是今天独立女性的一个先驱吧。

当年，风流潇洒的随园老人袁枚对苏小小的故事心有戚戚，刻了一枚闲章，叫作"钱塘苏小是乡亲"，这本来是文人雅趣，无可深究，也无须深责。可他没想到，这枚闲章倒为他引来了事端。有一天，一位尚书大人路过随园，向袁枚索要诗集。袁枚奉上一本，还在上面盖了这方"钱塘苏小是乡亲"的印章。尚书一看，勃然大怒道："你怎么敢把一个卑贱的妓女名字盖在送给我的书上？这不是对我的侮辱吗？"袁枚本来不想生事，反复道歉，可尚书还是不依不饶。最后，袁枚终于发火了。他说："公以为此印不伦耶？在今日观，自然公官一品，苏小贱矣。诚恐百年之后，人但知有苏小，不复知有公也！"你是觉得这方印不伦不类吗？我告诉你，以今天的眼光看，自然你是一品大官，苏小小是卑贱妓女；但是，我怕百年之后，人们只知道有苏小小，不知道你是哪根葱了！是不是呢？事实还真是这样。时至今日，那位故作清高的尚书早就成了笑料，而真正清高的苏小小墓却依然矗立在西子湖畔，往来游人凭吊不绝。这真是"湖山此地曾埋玉，风月其人可铸金"。

花木兰

○ 同行十二年，不知木兰是女郎

　　说到南北方的差别，我们当代人还难免会陷入饺子与年糕，咸豆花与甜豆花之争。事实上，这种差别在中国古代也时有显现。特别是在大动荡、大分裂的魏晋南北朝时期，几乎时时处处都能感受到南北方的差异。南方人吃鱼，北方人吃肉；南方人喝茶，北方人饮酪；南朝文学里有俏丽温婉的碧玉，北方文学里有坚强硬朗的木兰。本文的主人公，正是中国古代最著名的巾帼英雄木兰。关于这位英雄，有一首我们耳熟能详的乐府民歌《木兰诗》：

　　唧唧复唧唧，木兰当户织。不闻机杼声，唯闻女叹息。问女何所思，问女何所忆。女亦无所思，女亦无所忆。昨夜见军帖，可汗大点兵。军书十二卷，卷卷有爷名。阿爷无大儿，木兰无长兄。愿为市鞍马，从此替爷征。

东市买骏马，西市买鞍鞯，南市买辔头，北市买长鞭。旦辞爷娘去，暮宿黄河边。不闻爷娘唤女声，但闻黄河流水鸣溅溅。旦辞黄河去，暮至黑山头，不闻爷娘唤女声，但闻燕山胡骑鸣啾啾。

万里赴戎机，关山度若飞。朔气传金柝，寒光照铁衣。将军百战死，壮士十年归。

归来见天子，天子坐明堂。策勋十二转，赏赐百千强。可汗问所欲，木兰不用尚书郎，愿驰千里足，送儿还故乡。

爷娘闻女来，出郭相扶将；阿姊闻妹来，当户理红妆；小弟闻姊来，磨刀霍霍向猪羊。开我东阁门，坐我西阁床。脱我战时袍，著我旧时裳。当窗理云鬓，对镜帖花黄。出门看火伴，火伴皆惊忙：同行十二年，不知木兰是女郎。

雄兔脚扑朔，雌兔眼迷离；双兔傍地走，安能辨我是雄雌！

木兰这个人，在现存史书中并没有记载，我们对她的了解，基本上都来自《木兰诗》，但是，《木兰诗》跟一般的文学作品又不一样，它是一首北朝乐府民歌。北朝民歌有一个特点，特别质朴，质朴到什么程度？它里面只要出现有名有姓的人物，基本上都是实有其人，实有其事。所以，木兰很可能是一个真实存在过的历史人物，或者，至少有一个跟她非常类似的历史人物做原型。

我们现在常说"大丈夫行不更名，坐不改姓"，木兰既然实有其人，她总得有个姓氏吧？对这个问题，大多数人可能会不假思索地回答，木兰姓花呀。豫剧里，《花木兰》是经典剧目，就连美国迪士尼公司拍的电影也叫《花木兰》，我们平时说起四大

121

巾帼英雄，也会说是花木兰、樊梨花、穆桂英和梁红玉。的确，木兰姓花这个说法流传最广，但是，这个姓氏出现得很晚，它其实是明朝大才子徐渭（徐文长）在杂剧《雌木兰替父从军》里，给木兰加上的一个姓。大概徐渭觉得木兰是一种花的名字吧，就随手给她安了一个花姓。杂剧是戏剧的祖宗，此后的各类戏剧都受徐渭杂剧的影响，也都管她叫花木兰。换言之，这个姓氏出自明代文人的创造，并不能作为依据。此外，还有人说她姓魏，姓朱，姓木等，但是，都没什么根据。我们今天经常说无名英雄，按照这个思路，木兰其实是一位无姓英雄。

木兰虽然无姓，但是很有名气。我们上初中的时候，都学过《木兰诗》这篇课文。既然如此，还有什么新鲜的东西能够和大家分享呢？我想分享三个问题。第一，木兰女扮男装，替父从军在当时到底有没有可能？第二，作为文学作品，《木兰诗》到底好在哪里？第三，从古到今，人们的观念变化不小，木兰为什么会一直受欢迎？

木兰女扮男装去替父从军有没有可能？古往今来，很多人都觉得不可能。古代是冷兵器作战，对体力的要求比较高。木兰一个弱女子，怎么可能真的走上战场呢？这个观点貌似有理，但是，这样说话的人，一定是不了解北朝女子的神勇。魏晋南北朝有个最重要的时代特点，那就是少数民族入主中原。先是匈奴、鲜卑、羯、氐、羌五胡入华，建立十六国；后来又有鲜卑族建立的北魏统一北方；再到后来，北魏分裂成东魏、西魏，东魏西魏又演化成北齐、北周。总而言之，一直到隋朝建立之前，整个北方都是胡人的天下。胡人是马背上的民族，无论男女，都能征善战；即使是那些留在北方的汉人，为了自保，也都纷纷练兵习武。这样一来，整个北方地区都弥漫着尚武之风，甚至连年轻姑娘，也都盘马弯弓，巾帼不让须眉。北朝民歌里讲女英雄，除了《木兰诗》，还有一首《李波小妹歌》："李波小妹字雍容，褰裙逐马如卷蓬。左射右射必叠双。妇女尚如此，男子那可逢。"什么意思呢？李波的小妹妹名字叫雍容，她撩起衣裙，放马飞奔，如同狂风卷起草蓬。她总是一箭双雕，而且左右开弓。李家的妇女尚且如此英勇，又有谁敢和他家的男子相逢？李雍容这架势，这劲头，是不是很像木兰？而且，这位李波小妹可是实实在在的历史人物，她家的故事，就记载在《魏书·李安世传》里。根据《魏书》的记载，李波是广平人，也就是现在河北省永年县一带的人，李家宗族强盛，身处乱世之中，他们不停地招降纳叛，成了地方一霸。广平刺史自然不能容忍这样的势力存在，派人去围剿李波，结果被李波率领宗族打得落花流水。就是在李波跟官府反复较量的过程中，这首《李波小妹歌》传唱开来，成了广平民众反抗官府的精神武器。想想看，既然李波小妹能够"褰裙逐马如卷蓬"，那么，木兰当然也可以"东市买骏马，西市买鞍鞯，南市买辔头，北市买长鞭"；既然李波小妹能够"左射右射必叠双"，那么，木兰也完全可以"万里赴戎机，关山度若飞"；同样，既然李波小妹能够随兄作战，那么，木兰又为什么不能替父从军呢！

不过，李波小妹毕竟是跟着李家宗族一起作战，她完全可以保持女儿身份，如同《水浒传》里的扈三娘。可木兰是顶替父亲，随军远征，那她就不能再以女儿身示人，一定得女扮男装了。这个事情有没有可能？也有可能。要知道，唐朝赫赫有名的太平公主年轻的时候，就曾经穿上一身武官的衣服，在唐高宗和武则天面前大跳战争舞蹈，暗示父母给自己选个武将做夫婿。太平公主这种行为，是特例呢，还是常态？许多专家学者都考证说，在北朝隋唐时代，女扮男装本来就是一种社会风尚，也是一种时尚潮流。我们现在看到的《虢国夫人游春图》也好，永泰公主墓壁画也好，都有女扮男装的形象。可能有的读者朋友会反驳，女扮男装一天两天可以，时间长了，怎么可能真的看不出来呢？其实，这样的例子也并非没有。唐末五代的时候，有一位名叫黄崇嘏的川妹子，在父母亡故之后女扮男装，到处游历。游历到卓文君的老家临邛的时候，因为一个偶然的事故，认识了当地的父母官周庠，周庠非常欣赏她的风度，就举荐她当了司户参军，这是一个八品官。黄崇嘏在这个岗位上干了一年多，工作特别出色，处理了好多积压案件，周庠对她更是青眼相加，非要把自己的女儿许配给她。这下子，黄崇嘏没有办法再装下去了，只好从实招来，承认自己是女儿身。这其实就是黄梅戏《女驸马》的故事原型。既然黄崇嘏能够女扮男装当官，木兰为什么不能女扮男装从军呢？当然，无论是女扮男装，还是替父从军，木兰肯定都要克服巨大困难，但是唯其如此，才更能凸显她的英雄本色，如果她只做寻常的事情，就在家里纺纱织布，相夫教子，又怎么可能被写进《木兰诗》里，名垂千古呢！

再看第二个问题，《木兰诗》代表了北朝民歌的最高水准，和《孔雀东南飞》一起，合称"乐府双璧"，那么，这首诗到底好在哪里呢？它有两个特别的好处，第一，书抄得好，第二，梗埋得深。先看书抄得好。这首诗哪里是抄的？开头就是抄的。《木兰诗》起手云：

"唧唧复唧唧，木兰当户织。不闻机杼声，唯闻女叹息。问女何所思，问女何所忆。"当年，老师都会告诉我们，这个开头有悬念，出手不凡。以叹息声引出悬念不假，可是，最先这么写的，并不是《木兰诗》，而是另外一首北朝民歌《折杨柳枝歌》。《折杨柳枝歌》云："敕敕何力力，女子临窗织。不闻机杼声，只闻女叹息。问女何所思，问女何所忆。阿婆许嫁女，今年无消息。"抄得相当明显吧？只不过在《折杨柳枝歌》里，那个女儿所思所忆的是"阿婆许嫁女，今年无消息"，是个婚姻恋爱方面的老话题；而木兰所思所忆的，是"昨夜见军帖，可汗大点兵"，是个不同寻常的英雄话题。经过这么一改造，木兰与众不同的地方不就出来了吗！这就是青出于蓝而胜于蓝，抄得比原诗还好。

其实，这首诗不仅开头是抄的，结尾也是抄的。《木兰诗》的结尾感慨道："雄兔脚扑朔，雌兔眼迷离，双兔傍地走，安能辨我是雄雌！"把两只小兔子揪起来，雄兔子的两只前脚会时时动弹，而雌兔子则会不时地眯缝一下双眼，这还比较容易分辨。可是，一旦两只兔子并肩奔跑起来，谁又能分辨出哪只是雄兔，哪只是雌兔呢？这一雄一雌两只小兔子，不正象征着人世间的男女两性吗？平日里，男子和妇女身份职责不同，穿着打扮也不同，肯定很容易区分；可是，一旦上了战场，大家都一样身着戎装，冲锋陷阵，又怎么会分清楚哪个是男，哪个是女呢！仔细想来，这不就是我们今天在职场中经常看到的状态吗？下了班之后，女孩可能会刷刷肥皂剧，男孩可能会打打网络游戏，可是，一旦到了工作岗位，男女还有什么差别呢？这就是木兰对伙伴们"同行十二年，不知木兰是女郎"的答复，也是木兰真正的骄傲所在：

一旦机会均等,谁说女子不如男! 这个比喻多么俏皮,多么形象啊,还因此诞生了一个成语,就叫"扑朔迷离"。

可是,这如此精彩的比喻,其实也有抄袭之嫌。这一次,它抄的是另外一首《折杨柳歌词》:"健儿须快马,快马须健儿。跸跋黄尘下,然后别雄雌。"很明显,这是在讲赛马会的场景。健儿要靠骏马奔驰,骏马也要靠健儿驾驭。只有到滚滚黄尘中比试比试,才知道哪个是雄,哪个是雌。《木兰诗》的结尾,和这四句诗的结构差不多吧? 可是,原诗说的是马,更具英雄气概;而《木兰诗》说的是小兔子,更娇俏,也更有生活气息。更重要的是,原诗说的是"然后别雄雌",是一定要分出个高下;而《木兰诗》反其道而行之,说"安能辨我是雄雌!"意思是说,雄和雌本来就没什么区别,这不就别开生面了吗! 这么一改,反倒比原诗更耐人寻味了。这就是人们常说的"天下文章一大抄,看你会抄不会抄"。所谓"会抄",其实就是取其精华,去其糟粕的再创造。

再看第二个好处。梗埋得深。《木兰诗》最大的梗在哪里?在"同行十二年,不知木兰是女郎"。前面说木兰"愿为市鞍马,从此替爷征",我们不免会疑惑,她一个女孩子,军队能要她吗?后面又说,"可汗问所欲,木兰不用尚书郎",我们也会疑惑,古代的皇帝有那么开通吗? 不仅让木兰当兵,还让木兰当官。可是,一旦抛出这句"同行十二年,不知木兰是女郎",我们之前的疑惑就豁然开朗了,原来,木兰这么多年都是女扮男装,玩角色扮演啊。而且,随着这个梗一刨出来,喜剧效果也就出现了,随着木兰家的门帘一掀,伙伴们都惊掉了下巴,一直并肩战斗的好哥们儿摇身一变，怎么就成了一个娇滴滴的大姑娘！吓了一跳之后肯定会尴尬，连手脚都不知道往哪儿放才好。然后呢？然后你看看我，我看看你，再一起看看木兰，肯定会哄堂大笑吧？笑木兰藏得深，也笑自己这么多年，傻透了！这就是难得的喜剧效果，让这首诗一下子就活起来了，显得又刚健，又婀娜，真是人见人爱。

既然说到人见人爱，第三个问题也就来了：古往今来，人们的价值观，审美情趣都发生了巨大变化，为什么木兰这个形象就能跨越时代，跨越国界，人见人爱，花见花开呢？这是因为木兰的精神内涵太丰富了，哪个时代的人都能从中找到自己喜欢的东西。比方说，古代人重视孝道，而且，又总想着男主外、女主内的规矩，想要让女性服务家庭。木兰符合不符合这个要求呢？其实是符合的。她虽然出门去打仗，但是，那不是为了出风头，逞英雄，而是为了替老父亲分忧，是难得的孝心，这样一来，她出门就有理由了。而且，木兰得胜还朝之后，坚决不做尚书郎，而是"愿驰千里足，送儿还故乡"，回家之后，又立刻"脱我战时袍，着我旧时裳"，这不都是强调她重新回归家庭了吗！当年走出家庭合乎礼法，此时回归家庭，仍然合乎礼法，一举一动都不失孝顺女儿的本色，古代人怎么可能不喜欢呢？再说近代。近代中国落后挨打，追求国家独立，民族解放。木兰符合不符合这种时代精神呢？也非常符合。她那么多年女扮男装，"万里赴戎机，关山度若飞。朔气传金柝，寒光照铁衣。将军百战死，壮士十年归"。这不都是为国征战，为国牺牲吗！这样的木兰，在近代还是英雄。再说当代。当代人最追求什么？当然是自我超越，自我实现。而木兰身上，无疑充满了这种精神。她那"东市买骏马，西市买鞍鞯"的举动也罢，"双兔傍地走，安能辨我是雄雌"的宣言也罢，不都是要突破性别限制，实现自我超越吗？这样勇敢的女孩子，不用说当代的中国人喜欢，外国人也照样喜欢。所以，才会有迪士尼公司那部著名的电影《花木兰》。这种跨越时代，也跨越文化的感染力，才是《木兰诗》最精彩的地方，也是木兰身上最伟大的力量。

第四章

隋唐传奇

『自恨罗衣掩诗句，举头空羡榜中名』……

千百年来，曾经有多少女子发出过类似的感慨，

她们有多自信，就有多不甘。

长揖雄谈态自殊，
美人巨眼识穷途

一直以来，谈到唐代的文学形式，大家能想到的，似乎只有唐诗。但是，我个人一直深爱唐传奇，那迷人的故事，那简净的语言，并不比唐诗逊色。本文的主人公，就是一位从唐传奇中走出来的人物——中国古代第一侠女红拂。

红拂是何许人呢？此人姓张，原本是隋朝宰相杨素的家妓，后来又成了大唐创业功臣李靖的夫人。大唐创业，本来就是一个父子夫妇齐上阵的传奇，这里不仅有深谋远虑的李渊父子，有豪气干云的平阳公主，有识大体顾大局的贤内助长孙皇后，还少不了天下英雄怀揣梦想，倾心相助。红拂就出自当时的一个英雄群体，人称"风尘三侠"，而且，她在风尘三侠之中，绝不是可有可无的花瓶，恰恰相反，她是这个传奇组合的发动机和黏合剂。关于其人其事，有一篇唐传奇叫作《虬髯客传》，写得特别精彩，堪称中国武侠小

131

说的开篇之作。但是，小说毕竟太长了，难以全文引用，所以，我们不妨先从诗歌入手，这首诗是《红楼梦》中，曹雪芹假借林黛玉之手写下的《五美吟·红拂》。诗云：

长揖雄谈态自殊，美人巨眼识穷途。

尸居余气杨公幕，岂得羁縻女丈夫？

这首诗讲的，其实是红拂女的第一次亮相，叫"美人择夫"。怎么择的呢？看第一、二句："长揖雄谈态自殊，美人巨眼识穷途。"诗中长揖雄谈的人不是红拂，而是红拂眼中的一位英雄。红拂是隋朝宰相杨素府里的一个家妓，因为日常工作就是手执红色拂尘站在杨素身后，所以才叫红拂。杨素是隋朝最有权势的人，家里整天宾客盈门，有求官的，有进贡的，当然也有打秋风的，而杨素又非常傲慢，每次都不是端端正正地跪坐，而是跨坐在胡床之上，身后还罗列着一群美人，有的打扇子，有的拿拂尘，就这样接待求见他的人。这在当时的人看来非常无礼，但是，因为杨素位高权重，一般人也就忍了。而红拂呢？也因为这样，见识了好多大大小小的人物。虽然这些人无一例外地衣着光鲜，侃侃而谈，她倒并没有觉得他们有什么了不起。直到有一天，她见到了一位真正不同寻常的人。这个人名叫李靖，只是一介布衣，却声称有奇策，要见杨素。杨素还是按照老规矩，在一群美人的簇拥之下坐在胡床上。一见杨素如此轻慢，李靖勃然作色，他并不下拜，只是作了一个揖，大言道："当今天下大乱，英雄并起。您是朝廷重臣，正应该延揽豪杰，收罗天下人心。怎么能够如此傲慢地对待宾客呢！"杨素也是个通达之人，一听之后，马上给李靖道歉，正襟危坐地接待了他，跟他相谈甚欢。到这一步，像不像秦朝末年，刘邦接见郦食其的故事？刘邦也是傲慢无礼，郦食其也是一顿教训，后来呢？刘邦道歉，郦食其也就成了刘邦的谋士之一。诗仙李白还为此写了一首诗："君不见高阳酒徒起草中，长揖山东隆准公。入门不拜骋雄辩，两女辍洗来趋风。"那是不是李靖从此也成了杨素的谋士了呢？并没有。因为半路杀出来一个红拂女。

就在杨素把李靖送出房门后，杨素身边手拿红拂的那个女子追出来问："请问处士怎么称呼？住在哪家店里？"李靖一一回答之后，红拂便飘然而去了。

当天夜里三点多，李靖睡得正熟，忽然听见一阵敲门声。开门一看，只见一个人身着紫衣，头戴风帽，把自己包裹得严严实实。这个人闪进门来，脱了外套，摘了帽子，盈盈下拜道："我就是杨素杨司空身边拿红拂的那个人。我在杨司空身边很久了，也算阅人无数。您是我见过的最有本事的人，我是个女子，有如丝萝，不能独生，我愿意把终身托付给您。"想想看，李靖当时一介布衣，无钱无房无官，无论放在什么年代都算是一个穷途之人。可是，红拂就凭他一个长揖，一席雄谈，马上就认定了他是个英雄，而且，愿意抛弃位高权重的杨素，倾心追随，这不就是"美人巨眼识穷途"吗！可能有的读者朋友会说，这样的事，卓文君也可以做到呀！没错，司马相如见卓文君的时候，也是一个穷小子，可是，他毕竟有鲜衣怒马加持，还有当地县令背书，换句话说，他是伪装成一个贵公子，处心积虑去琴挑卓文君；而李靖却是真正的一无所有，而且，他事先并不知道红拂的存在，因此也志不在此。而红拂呢？

偏偏既不在意外界的加持，也不在意李靖的无视，她只凭一个长揖的自尊，一席雄谈的风采，就认定李靖是个英雄，这才真叫"美人巨眼识穷途"，这是一个差别。还有一个差别更重要。卓文君私奔，挑战的只是自己的老爸，就算被抓回来，最多也只会挨一顿痛骂，再关几天禁闭而已。因此，这有点像青春期的叛逆，虽然刺激，但并不危险。而且，就算她看走眼了，遇人不淑，爱女心切的老爸都能把她捞回来。但是，红拂夜奔完全不一样。她挑战的可是自己的主人，这位主人性情暴躁而又大权在握，一旦失败，赔上的可是身家性命。这样看来，红拂夜奔，风险系数远远大过文君夜奔，颇有点孤注一掷的味道。

事实上，这种担心不仅我们有，当事人李靖更有。他问红拂："世上没有不透风的墙，如果杨司空追来，怎么办？"这时候，红拂坦然说道："彼尸居余气，不足畏也。诸妓知其无成，去者甚众矣。彼亦不甚逐也，计之详矣。幸无疑焉。"什么叫"尸居余气"？其实就是只剩一口气的活死人。这个成语最早说的是装病的司马懿，现在，红拂用到杨素身上了。杨素是个暮气沉沉的人，很多家妓都逃跑了，也没见他怎么追，我已经观察很久，也筹划很久了，你放心吧。仔细想来，这段话甚至比此前说要跟李靖私奔的那段话更厉害。厉害在哪里？在慧眼慧心。先说慧眼。红拂的慧眼，可不光能看透李靖，她也能看透杨素。杨素是什么人？表面上看是一人之下，万人之上，赫赫扬扬，威风八面。连英雄如李靖，不也还把希望寄托在他身上吗？可是，红拂给他的评价只有四个字——尸居余气。她是怎么看出来的呢？她就看自己身边的小事情。之前别的家妓逃跑，杨素都没怎么用心去追。这是不是事实呢？还真是这样。大家可能都听说过破镜重圆的故事。陈朝的乐昌公主在亡国之前预感到了日后的悲剧，就跟丈夫徐德言商量，打破一面铜镜，两人各执一半，日后凭镜子相互寻找。后来，陈朝果然灭亡，乐昌公主成了杨素的小妾，过了几年，她的前夫徐德言到长安的市场上卖一面破镜子，这面破镜子跟乐昌公主手里那块刚好吻合。杨素听说了这件事，大发慈悲，放了乐昌公主，让他们夫妻团圆。这就是著名的"破镜重圆"。我们今天看这个故事，大多都赞赏杨素的仁慈和慷慨，但是，红拂看到的，很可能是更加幽微的人心。杨素这样做，也许并不仅仅是出于慷慨，而是因为他懒得管。他为什么懒得管呢？是因为他已经暮气沉沉，对什么都不在意了！他看不到美好，也不珍惜美好，这才是红拂离开他的最重要原因。

那为什么又说红拂有慧心呢？她知道什么最能打动李靖。她知道李靖此时是在寻找一个明主。如果李靖认为杨素是明主，肯定不会跟他的家妓私奔。所以，她点出杨素"尸居余气"的特性，其实是在提醒李靖，杨素早已没有了进取心，你根本就不应该指望他！她的判断对不对呢？李靖观察了好几天，果然，杨素虽然也虚张声势地寻找红拂，但是并不用心；而且，他的献策也没了下文，杨素并没有再搭理他。这样一来，李靖终于认可了红拂对杨素的判断，也认可了红拂这个红颜知己。既然如此，长安城自然是不能留了，到哪里去呢？两个人一商量，到太原去！当时的太原留守是李渊，此人气局宏伟，能容天下英雄，既然如此，何不投奔太原，在他手下成就一番事业呢！大家意识到没有？就是从这一刻开始，李靖和红拂一起改换方向，从保隋到反隋了！这就是诗中的后两句："尸居余气杨公幕，岂得羁縻女丈夫！"确实，隋朝已经衰败，杨素也垂垂老矣，他们设定的狭小天地，岂能羁縻住红拂这样的巨眼英豪、女中丈夫！

诗写到这里就结束了，"美人择夫"这个步骤也完成了，可是，红拂的故事并没有完。事实上，红拂的巨眼，不仅仅能给自己找一个英雄的丈夫，还能给自己和丈夫找一个豪杰的朋友。

李靖和红拂不是往太原走吗？长路漫漫，肯定要住店。有一天向晚，两个人又投了一家旅店。旅店中间生着炉子，旁边放着胡床。李靖吩咐店小二煮上肉，自己就出去刷马，红拂则站在胡床边梳头。她的头发特别长，一直垂到脚面。这意味着什么？意味着她是一个美人。美人的标准，各个时代都有所不同，但是，在中国古代，有一个标准特别固定，那就是一头又厚又密的长发。比如，东汉明帝的马皇后，梳了四个高髻之后，头发还有富余，还能绕着高髻再盘三圈，这就是能载入史册的美丽。再比如，陈后主陈叔宝的宠妃张丽华，也是因为"发长七尺，光可鉴物"，被陈后主当成了宝贝。此刻，红拂站在胡床旁边梳头，有点像如今的性感美女在海滨浴场秀身材，是一种比较大胆，甚至有点挑逗性的行为。果然，有人上钩了。谁呢？此人没有名字，但是面貌特征特别明显——一把大胡子是赤红色的，而且还弯弯曲曲，一看就不是中原人，所以小说中就管他叫"虬髯客"。虬髯客骑着一头瘦驴刚进店，看见红拂梳头，他就把一个皮囊往炉子边一扔，斜倚在胡床上，瞪着一双大眼，直勾勾地看了起来。中国古代讲究"男女授受不亲"，一个大男人这样盯着看一位女眷，是非常不礼貌的行为。李靖眼角的余光扫到这一幕，马上怒从心头

136

起，就要进门干涉。可是，红拂一边大大方方地也回视虬髯客，一边做了一个手势，让李靖别管。打量了几眼之后，红拂梳好头发，轻轻巧巧走到虬髯客面前，问道："先生尊姓？"虬髯客说："姓张。"红拂一听，马上欢喜地说："太巧了，我也姓张，那我算是妹妹了。"说完就俯下身去，拜见哥哥。拜完再问："哥哥排行第几？"虬髯客说："排行第三。妹妹你呢？"红拂说："我是老大。"虬髯客笑道："那我就叫你一妹了。今日幸会一妹。"这时候，红拂才对门外的李靖招手说："李郎，快来拜见三哥。"李靖也依言进来拜见。大家怎么看待红拂这一系列操作呢？这就叫"姜太公钓鱼，愿者上钩"。别看红拂出身相府，却天生带着江湖儿女的气息，她知道，所谓行走江湖，行走的就是朋友。什么样的人才是朋友呢？红拂此刻要的不是老成君子，而是风尘豪杰。滚滚风尘之中，到底谁是豪杰呢？她一试便知。像她这样的青年女子，若是没点手段，怎敢在旅店公然梳头？一般客人看见这样的女子，肯定唯恐避之不及。但是，虬髯客胆敢直勾勾地看她，这就是有胆。可是，光胆子大还不够，两个人三言两语之后，虬髯客能够顺坡下驴，跟她结为兄妹，可见他还有见识。一个既有胆量，又有见识的人，那不就是英雄吗！是英雄就应该惺惺相惜，此刻自己和李靖势单力孤，为什么不多结交几个英雄呢！

就这样，三个人团团围坐在火炉边。虬髯客问："锅里煮的什么肉？"李靖说："羊肉。估计也该熟了。"虬髯客毫不客气地说："正好我也饿了。"李靖就买来胡饼，三个人一起大嚼起来。吃着吃着，虬髯客又问李靖："你这么一个贫士，有什么本事，怎么就能得到我一妹这么一个绝代佳人呢？"李靖也不以为忤，随即就把自己怎么去见杨素，红拂怎么夜奔，两个人怎么决定投奔太原，都跟虬髯客说了一遍。

听他们说完，虬髯客又说："我想喝酒。"李靖马上出去买了一斗酒。酒过一巡，虬髯客从皮囊里掏出来一个人头和一副心肝，问李靖："拿这个下酒如何？"李靖说："好呀。"于是，三个人就拿这人头和心肝一起喝酒。这时候，虬髯客说道："此人乃是天下负心之人！我找了他十年，终于抓住了他，从此也就没有什么遗憾了。"

不知道大家意识到没有？事情发展到这一步，这三个人的关系已经发生了本质性变化，虬髯客分享了李靖和红拂的秘密，李靖和红拂也分享了虬髯客的秘密，三个人都是豪侠之士，又都为社会所不容，但是，他们彼此倒是成了过命的兄弟。就这样，一个新的组合，所谓"风尘三侠"就横空出世了。这其实就是红拂的第二次亮相，叫"英雄择友"。想想看，这风尘三侠的发动者是谁？当然是红拂，没有红拂夜奔，也就没有李靖出走太原；没有红拂和李靖出走太原，也就没有和虬髯客的奇遇。这风尘三侠的黏合剂是谁？其实还是红拂。李靖是红拂的妻子，虬髯客是红拂的义兄。李靖和虬髯客是因为红拂的关系，才成了好兄弟。所以，这三个人组团出道，红拂绝对应该站 C 位。

后来呢？后来，风尘三侠就到了太原，见到了太原留守李渊的二儿子李世民。虬髯客觉得，李世民才是"真命天子"，随即把全部家财都赠给李靖、红拂夫妇，嘱咐李靖好好辅佐李世民，自己则飘然而去，十几年后，在海外打下一片江山，成了扶余国的皇帝。那李靖和红拂结局如何呢？了解唐史的人都知道，李靖不仅帮唐太宗统一天下，还北灭东突厥，西破吐谷浑，为大唐王朝立下赫赫战功。活着的时候，他是"凌烟阁二十四功臣"之一；死后，他陪葬唐太宗昭陵，可以说是生荣死哀。把这两个人的结局都交代清楚了，大家一定会关心，红拂呢？红拂的结局，应该就是李靖的夫人吧。在正史中，有关李靖妻子的记载只有一句话：（贞观）十四年，靖妻卒，有诏坟茔制度，依汉卫、霍故事。什么意思呢？她去世的时候，李靖还活着，所以，唐太宗特地下诏说，所有的坟茔制度，都按照西汉卫青、霍去病的规格来对待，等待李靖日后合葬。这算是一种特殊优待。如果史书中这位"靖妻"真的就是小说中的"红拂"，那么，她的结局就是一位将军夫人。当初，红拂对李靖说："丝萝不能独生，愿托乔木。"能够夫贵妻荣，已经是古代女子的最好结局。当然，这个结局跟此前光彩照人的"美人择夫""英雄择友"相比，无论如何都是暗淡了。

可能读者朋友会说，果然，无论是否有本事，女子还是被忽视，被辜负了。是不是呢？确实如此，这就是中国古代的特性。木兰再有战功，也只能"愿驰千里足，送儿还故乡"，同样，红拂再有慧眼，也只能是识英雄，而无法做英雄。这种禁锢，确实让今天的独立女性心有不甘。但是，尽管如此，我们还是由衷地欣赏红拂。欣赏她什么呢？我觉得，我们今天看红拂的心情，跟古代那些渴求明君，渴求伯乐，渴求美人青目的文人又不大一样，我们由衷地欣赏一个"飒"字。什么叫"飒"呢？飒固然是一种潇洒的容貌，但更是一种洒脱的姿态：放得下，见得明，做得到。这样的姿态，在当年叫风尘侠女，在今天叫独立女性。这样的女性，不会真的是丝萝，她们站在历史的任何一个节点上，都是一株木棉，永远以树的形象，和另一棵大树遥遥相对，而又紧紧相依。

上官婉儿

　　唐代是一个女性大放异彩的时代。以武则天为代表的一众宫廷女性竞相追逐最高权力，构筑起一个华丽而血腥的红妆时代。红妆时代是一个社会变革空前剧烈，个人命运起伏巨大的年代。在这个时代大放异彩的，不仅有从先帝弃妃到开国皇帝的武则天，有天之娇女太平公主，也有出身罪臣的上官婉儿。在上官婉儿身上，有两个头衔最引人瞩目。一个头衔是"中国古代四大才女之一"，另一个头衔则是"巾帼宰相"。这两个头衔交织出一段奇异的人生经历，令人感慨万千。

　　先说才女。中国古代的才女都会写诗，上官婉儿也不例外。全唐诗收录了她的三十二首诗，其中一首《彩书怨》，最为有名。诗云：

叶下洞庭初，思君万里余。露浓香被冷，月落锦屏虚。欲奏江南曲，贪封蓟北书。书中无别意，惟怅久离居。

什么意思呢？当洞庭湖的秋叶刚刚凋落的时候，我深深思念着万里之外的你。露水越来越浓，我的被子也越来越冷；月亮悄悄落下去，锦屏也跟着暗淡了下去。我想演奏一首江南曲，却又放下琴来，写信给远在蓟北的你。信里也没有什么别的话，只是惆怅着，咱们已经分离太久太久。

"露浓香被冷，月落锦屏虚"，这一联的辞藻多么华丽！"露浓"对"月落"，"香被"对"锦屏"，"冷"对"虚"，对仗又多么整齐！事实上，这种崇尚结构精巧、辞藻华丽的诗体正是上官婉儿的爷爷上官仪当年大力提倡的，所以又叫"上官体"。虽然上官婉儿还在襁褓之中，她的爷爷就被武则天杀死了，但是，诗人的基因就是这么强大，上官婉儿一开口，还是那么华丽丽的上官体。华丽可不是这首诗唯一的好处，当年，上官体最让人诟病的就是内容空虚，可是，婉儿这首诗却并不显得空洞，而是有着沉甸甸的感情。诗人为什么觉得香被冷，锦屏虚？因为她思念的那个"君"，远在万里之外的蓟北，"此时相望不相闻"，所以她的心才和香被一样冷，和锦屏一样虚了！那么，这心头的思念是突如其来的呢？还是一直缭绕的呢？当然是一直缭绕的，因为"露浓"和"月落"两个词，让我们看到了时间的流逝。露水刚刚降下来的时候，她已经在床上了，可是直到露浓时分，她还在辗转反侧。同样，当月亮还挂在天上的时候，她就眼睁睁地看着月亮，此刻月亮都落下去了，她仍然耿耿难眠。这是多么绵长的夜晚，又是多么绵长的思念呀。有了这样的感情在里头，连我们都会觉得，那"洞庭波兮木叶下"的时节，是多么萧瑟，那"书中无别意，惟怅久离居"的心情，又是多么寂寞。要知道，上官婉儿还是婴儿的时候就被没入掖庭，一辈子基本上都在后宫度过，根本没有像普通人那样的生活经验，当然更不可能有一个出征蓟北的丈夫，但是，她凭着想象，就把那民间思妇的心写活了，也写美了，这不就是天生的诗人吗？

不过，作为才女，上官婉儿最厉害的地方还并不是自己写诗，而是品评天下诗人。大家知道，作为汉语诗歌代表形态的格律诗又叫"沈宋体"，之所以这样叫，是因为沈佺期和宋之问两位大诗人对格律的发展和定型做出了重大贡献。可是在当时，沈佺期和宋之问写诗的优劣，也是要靠上官婉儿来评判的。前文提到过，武则天晚年特别崇尚文学，经常组织学士们写诗、赛诗。既然是比赛，就得有胜负，谁来评判呢？就是上官婉儿。后来，唐中宗发动神龙政变，逼武则天退位，改周为唐。朝代变了，崇文的风气却一直延续下来，唐中宗仍然喜欢拉着大臣到处游玩，所到之处必然赋诗，而且只要赋诗还必须要比拼高低，决出胜负。谁来做裁判呢？仍然是上官婉儿。

这就引出了一个著名的故事。唐中宗景龙年间，有一次过正月三十。正月三十在今天是个普通的日子，但是，在唐朝的时候，正月三十又叫"晦日"，大家都放假，到处游乐，是一个挺重要的节日。这一天，唐中宗率领群臣驾幸昆明池，池上泛舟，池畔奏乐，一派热闹景象。这个时候，韦皇后提议说：如此良辰美景，怎么能没有诗呢？不如大家都来赋诗记胜，请皇帝先写一首打个样，然后群臣唱和，就叫《奉和晦日幸昆明池应制》。中宗让上官婉儿当裁判，从大臣的和诗中评出一首最好的，作成歌词，当场配乐演唱。

这个提议真是风雅，群臣纷纷凑趣，于是就都动笔写了起来。只见皇帝的大帐前结起彩楼，上官婉儿端坐在彩楼之上，神采飞扬，恍如神仙妃子。彩楼下面是文武百官，有的临水吟哦，有的奋笔疾书，中间还有宫女们往来穿梭，随时把大臣们写好的诗收集起来，送到彩楼上去。上官婉儿就在彩楼之上评审大臣们交上来的作品，她随看随丢，很快，诗篇就跟雪片一样飞了下来，这被抛下来的，自然就是落选的了。最后，她的手里只剩下沈佺期和宋之问所写的两首诗。这两个人都是当时的文坛翘楚，并称"沈宋"，水平一向难分高下。所以，一百多号官员都翘首以待，看上官婉儿如何评判。两位当事人更是铆足了劲，暗暗约定，咱们俩到底谁优谁劣，就看今天了。这个时候，又有一篇诗落了下来，谁的呢？沈佺期的。自己为什么落选了呢？不要说沈佺期不服气，一定要讨个说法，就是那围观的一百多大臣，也心存疑惑，甚至连唐中宗和韦皇后都动了好奇之心。这个时候，只听上官婉儿朗声解释：这两首诗单看前面，确实功力相当，但是，沈佺期的最后一句是"微臣雕朽质，羞睹豫章材"，一看就是强弩之末，词气已尽；而宋之问的最后一句是"不愁明月尽，自有夜珠来"，则犹如大鹏展翅，陡然健举，诗句写完了，但是气势还盛，这不就是宋之问高过沈佺期的地方吗？仔细想想，这真是一番高论。什么叫"微臣雕朽质，羞睹豫章材"？所谓"豫章材"就是指栋梁之材，诗文的意思是说，我这个人犹如朽木不可雕也，看见别人都是栋梁之材，我感觉特别惭愧。这样的说法，是不是让人一听就垂头丧气？而且，既然是陪皇帝游玩，写应制诗，那结尾一定要落到皇帝身上，要颂圣，才合规矩。你说自己很没有水平，有什么意思啊？反观宋之问这首诗就不一样了。什么叫"不愁明月尽，自有夜珠来"？这其实是在点题，题目既然有"晦日"，也就是三十日，那一定没有月亮。可是，宋之问说得好，就算没有月亮也不要紧，自然会有夜明珠来给我们照亮。这夜明珠又是怎么回事呢？这里用的是汉武帝的一个典故。当年，汉武帝曾经放生过一条大鱼，后来，大鱼就把一双夜明珠放在昆明池边，来报答汉武帝的好生之德。此刻唐中宗也是游幸昆明池，用这个典故，多么应景啊！而且，把唐中宗比成雄才大略的汉武帝，这不就是颂圣吗？这才是应制诗应有的规矩。听她这么一解释，沈佺期服气不服气？当然服气。大臣们服气不服气？当然也服气。这样现场品评诗人，才是唐代诗词大会的风采，而这背后考验的，其实是上官婉儿的诗词鉴赏力和现场反应力。据说，上官婉儿出生之前，她的母亲郑夫人曾经做过一个梦。在梦中，有一位神人给了她一杆大秤，对她说："持此称量天下。"郑夫人醒后找人解梦，人们都恭喜她，说她肚子里的宝宝以后肯定要当宰相，否则怎么会称量天下呢！郑夫人也暗暗地怀着期待，没想到生下来一看，是个女孩。女孩怎么可能称量天下呢？郑夫人很是泄气，但是，看着小女儿聪明可爱的样子，又忍不住逗她说："你是不是称量天下的那个人呀？"上官婉儿当时还不会说话，但是发出咿咿呀呀的声音，好像在说："没错，就是我呀。"郑夫人是个有福气的人，虽然早年受公公上官仪牵连，没入掖庭，但中年以后，却跟着女儿享尽了荣华富贵。此时，看到女儿在昆明池评判诗人，她一定会想起那个称量天下的大梦吧？事实上，上官婉儿不仅评判文人，她也保护文人，她曾经劝唐中宗扩大书馆，增加学士名额，让写诗蔚然成风，也正是在这种风气之下，格律诗才最终定型。现在我们提及古代才女，一定会首推李清照。但是，如果拿对当时文坛的影响力来衡量，那么，上官婉儿还应该胜过李清照一筹。

再看巾帼宰相。为什么上官婉儿能够品评天下诗人呢？难道仅仅是因为她才华横溢，压倒众生吗？当然不是。她能够有那么大的文坛影响力，不仅因为她有才，更因为她参政，而且是深度参政。

上官婉儿参政，是从做武则天的机要秘书开始的。本来，上官婉儿的爷爷和爸爸都死于武则天之手，上官婉儿也因此被没入掖庭，那时候，她还只是个小婴儿。掖庭是个最没前途的地方，但是，上官婉儿禀赋过人，硬是在那种环境下学会了吟诗作赋，而且头脑特别清醒。常言道"是金子总会发光"，就在她十三岁那年，武则天不知因为什么机缘知道了这个小女孩，一番测试之后，马上决定把她放到身边做秘书。大家都知道，秘书这个岗位很重要，可是，武则天当时还是皇后，皇后并没有秘书这种人员配置。怎么安排上官婉儿呢？武则天永远有办法。当时唐高宗还健在，武则天大笔一挥，给上官婉儿安了一个"才人"的头衔。要知道，才人可是皇帝妃嫔中的一个序列，当年武则天本人就是从唐太宗的才人做起的。她那么爱嫉妒，应该不允许别的女人接近唐高宗才是，为什么还要让上官婉儿当才人呢？其实，这就是武则天了不起的地方了。她看中上官婉儿是棵好苗子，想要栽培她。怎么栽培呢？唐朝的后宫有两个系统，一个叫女官系统，算是服务宫廷的公务员，这倒符合上官婉儿的身份，可是，女官做到头也不过是五品官，武则天觉得，这会埋没了上官婉儿。另一个系统就是妃嫔系统了，妃嫔是皇帝的妾，确实不符合上官婉儿的秘书身份，但是，妃嫔系统最高可以做到一品，上升空间大。怎样安排合适呢？武则天是个有水平的领导，她不仅擅长发现人才，更擅长不拘一格用人才。思来想去，她干脆绕过女官系统，直接把上官婉儿放到了妃嫔序列。虽然才人也还只是五品，但是，只要好好干，以后定会有出头之日！这也就解释了为什么武则天不嫉妒上官婉儿，事实上，上官婉儿就是一个披着妃嫔外套的公务员，直接为武则天服务，唐高宗完全不能染指，那还有什么可嫉妒的呢！而且，从这个才人的身份，我们也可以稍微窥测一下武则天的内心世界了。也许，在她看来，上官婉儿多少有一点她当年的影子吧，所以，她才会也给上官婉儿一个同样的位置，想要看看婉儿在这个位置上怎么走下去，或者说，走上去。

那么，上官婉儿到底有没有走上去呢？她走上去了。而且，恰恰是靠搞政变反对武则天才走上去的。武则天晚年不是卧病在床吗？太子李显（后来的唐中宗）趁机联合太平公主等人发动神龙政变，逼迫武则天退位，改周为唐。在这场政变中，上官婉儿审时度势，站在了太子一边，率领宫女当了内应。政变结束后，太子李显当了皇帝，马上，上官婉儿也从五品才人升为三品婕妤，很快又升为二品昭容。可能读者朋友会发觉，这不就和武则天从唐太宗的武才人晋升为唐高宗的武昭仪是一个道理吗？难道唐中宗也跟他爸爸唐高宗一样，父子聚麀吗？当然不是。上官婉儿仍然是一个披着妃嫔外套的公务员，在武则天时代如此，在唐中宗时代仍然如此。只不过，她在唐中宗时代比在武则天时代地位重要太多了。因为唐中宗和武则天不一样。武则天是既有政治经验，又有政治班底。而唐中宗呢？既没有政治经验，也没有政治班底。虽然已经坐上龙床，但是整个大臣系统中并没有几个人真正听他的，也没有几个人是他真正放心的。既然如此，身为本朝功臣，而又曾经在前朝掌握机要的上官婉儿就成了唐中宗以及韦皇后的高参，他们应该联合谁，怎么联合；应该打击谁，怎么打击，很多都是上官婉儿的主意，其中最重要的一些诏书，也都由上官婉儿来起草。换句话说，在武则天时期，上官婉儿还只是个机要秘书，而到唐中宗时代，她已经俨然是一个辅政大臣了。有这样的威势，当时的人都称她为"巾帼宰相"，这位内宰相能够主宰朝政，又怎么不能居高临下，品评天下诗人呢！

而且，既然是内宰相，那就得享受一些宰相的待遇了。什么待遇呢？唐中宗居然破例赏赐给她宫外的住宅，让她到宫外自由居住，每天只需按时按点，回宫上班而已。一个身为皇帝妃子的人，居然住在宫外，这在整个中国历史上，也算是"只此一家，别无分店"了吧？更不可思议的是，上官婉儿还拥有不止一个情人，经常跟他们在私宅幽会。想想看，一个皇帝，居然允许自己的妃子找情人，是不是令人瞠目结舌？为什么唐中宗会这样做呢？关键原因既不是他软弱，也不是他通达，而是他真心实意地拿上官婉儿当宰相看待，既然是宰相，为什么不能像别的宰相那样朝九晚五，"三妻四妾"呢！

上官婉儿在宫内宫外自由行走、春风得意的时代，也正是韦皇后谋求当女皇，安乐公主谋求当皇太女的时代。我们可以想象一下，如果她们都成功了，中国历史岂不是要大幅度改写？这女皇帝、皇太女和女宰相的组合，该是多么神奇呀！

然而，历史并没有沿着这个思路发展下去。很快，唐中宗暴崩，太平公主和李隆基发动唐隆政变，杀死韦皇后和安乐公主，顺便也杀死了惯于翻云覆雨的上官婉儿。一代才女，一代内宰相就此香消玉殒。随着武则天、韦皇后、安乐公主、上官婉儿乃至后来的太平公主相继死去，中国历史上一段政治女性大放异彩的红妆时代戛然落幕。

不过，人只要活过，就会留下痕迹。中唐有一位诗人叫吕温，他的朋友崔仁亮在洛阳逛书店，买到了一本《研神记》。薄薄的书一打开，就散发出一阵浓烈的香气，连蠹虫都不敢来侵扰。再仔细看，上面居然有上官婉儿写的题记。这居然是当年上官婉儿的藏书啊，而这时距离婉儿去世，已经过去了将近百年。这样的奇遇，让吕温太意外，也太震撼了，他忍不住提起笔来，写了一首《上官昭容书楼歌》来讲述这段传奇。诗云："汉家婕妤唐昭容，工诗能赋千载同。自言才艺是天真，不服丈夫胜妇人。"什么意思呢？他说，汉朝的班婕妤和唐朝的上官昭容都那么出众，她们虽然相隔千年，但是，吟诗作赋的才华却并无不同。她们说自己的才华得自天然，她们不觉得男子就一定会胜过妇人。

"自然才艺是天真，不服丈夫胜妇人"，这句话说得真有力量。虽然，要彻底让人接受这个说法，可能还需要再经过一千年，但是，这个声音只要出现了，就不会了无痕迹，它一定会穿过历史的重重迷雾，变成下一个时代的一声惊雷。

至高至明日月
至亲至疏夫妻

本文的主人公，是大唐王朝的诗坛天后李冶。

现在很多人都有一个错误印象，觉得唐朝的女诗人肯定特别多。因为大唐毕竟是诗的国度，李白、杜甫、王维这样重量级的诗人灿若群星，其他任何时代都无法比拟。大唐又是一个女权高涨的时代，女皇帝主持科举考试，大才女点评文人诗篇。有"诗国"和"女权"这两大基础，女诗人怎么可能不多呢？然而，事实并非如此。唐朝将近三百年历史，留下记载的女诗人一共才二百零七位，其中很多还是笔记小说里的人物，以及女仙、女鬼，真实性大打折扣。而且，唐朝也没有产生像宋代的李清照那样，足以跟顶级男性文人分庭抗礼的女诗人。换句话说，虽然唐朝号称"诗唐"，但是，唐朝的女诗人整体来讲并不突出。为什么会是这样呢？因为唐朝人跟我们今天的观念不一样。我们今天说到才女，标配就是写诗。比如，《红楼梦》里，宝姐姐和林妹妹这样的大家闺秀都会吟诗作赋，很多人看了，就以为古代一贯如此。但其实，崇尚才女，并且把写诗看作才女的首要标准是宋朝以后才逐渐形成的风气，而唐朝人认为，吟诗作赋会让人的心思不安分，因此并不适合妇女。这样一来，唐朝的大家闺秀们也就不把写诗当成人生修养的重点了。大家闺秀不写诗，谁写诗呢？女道士写。

唐朝知名度最高的女诗人共有三位，分别是李冶、薛涛和鱼玄机。这三位天后级诗人有一个共性，都是女道士身份。为什么女道士写诗如此了得呢？因为唐代的女道士虽然是宗教职业者，但是，她们跟尼姑并不一样。尼姑里面，虽然也有像武则天那样不守规矩的人，但是总的说来，尼姑的生活还是相对严谨。但是女道士不同。唐朝女道士的来源更复杂，管理更松散，生活也更浪漫。李商隐那些深情款款的《无题》诗，好多都是写给女道士的，这本身就反映了当时的时代风气。道观成了迎来送往的社交场所，女道士们也跟文人们自由来往，这到底是好事还是坏事？从宗教的角度看不算清净，但是，从文学的角度讲倒是好事。女道士们不像一般闺秀那样被家庭束缚，她们的心灵更加自由；她们经常跟文人们打交道，有"班门弄斧"的机会，成长的速度也更快。更重要的是，女道士其实是一群缺乏真正社会保障的人，没有了家庭的依托，她们的经历往往比一般女性更复杂，对生活的感慨也更深沉。清朝的赵翼说："国家不幸诗家幸，赋到沧桑句便工。"对女诗人，又何尝不是如此呢！这正是唐代三大女冠诗人横空出世的共同背景。

　　三大女诗人的共性如此，个性又如何呢？我的理解是，李冶天分最高，薛涛故事最多，而鱼玄机性格最强。先从年代最早的李冶说起。李冶字季兰，大概生活在唐玄宗到唐德宗之间，有三个小故事，基本上勾勒出了她的一生。

　　第一个小故事叫"心绪乱纵横"。据说，李冶五六岁的时候，家里雇了工人给蔷薇花搭架子，她父亲就抱着她到院子里看。看着看着，小姑娘冒出一句诗："经时不架却，心绪乱纵横。"这么长时间还没搭好，让我心里好乱呀。这两句诗写得好不好？按照五六岁的年龄来讲，已经相当不错了。要知道，我们五六岁的时候，还在背"鹅鹅鹅，曲项向天歌"这样的儿歌呢，人家李冶就已经在搞创作了，而且这个创作还不简单，从情景一直上升到心绪，这不是少年老成吗？谁家里有这样早慧的孩子，父母都应该高兴吧？李冶的父亲可没有半点高兴的心情。恰恰相反，他一把把小李冶摔在地上，还骂了一句："此必为失行妇也！"这个孩子长大后，一定是个放荡的女人！做父亲的为什么要这样说女儿呢？其实这是一个谐音梗。什么叫"经时不架却"？既可以理解成架子的"架"，也可以理解成出嫁的"嫁"。如果是架子的"架"，那它的意思就是过了预期时间，还没有搭好架子；如果变成出嫁的"嫁"呢？那就是少女过了结婚年龄还没有出嫁。这样的谐音梗可绝不是凑巧，它一定是有意为之。一个五六岁的小姑娘，居然玩起了谐音梗，说起了过时未嫁的烦恼，这就不仅仅是早慧，而是过于早熟了。我们中国人虽然喜欢早慧，但是对情感早熟总是持一份戒心，这样的孩子，怕是不会安分吧。而不安分对古代妇女来说算是一个致命的缺点，所以她的父亲才会勃然大怒，认定女儿做不了老实本分的良家妇女。

那么，这个故事是不是真的呢？其实并不是。如今大部分研究者都认为，这是后人虚构出来的一个故事。人们为什么会虚构这样的故事呢？首先自然是事后诸葛亮。李冶是不是"失行妇人"？从她日后的发展看，确实不符合唐代的道德标准。她没有走上寻常妇女相夫教子的道路，而是出家当了女道士。当了女道士之后，她也并没有潜心修道，而是各种谈情说爱。这样无缘婚姻却又不乏感情生活的女道士，在当时的人看来，可不就是失行妇人吗！既然最终当了失行妇人，肯定从小就不是好孩子，这么倒着一推，结论先行，然后才有了那个故事。但这还不是编造故事的唯一理由。还有另一个理由更加重要，那就是我在文章开头提醒过大家的社会心态，唐朝人对女性写诗并不友好。在他们看来，只有心绪纷乱的女人才会写诗，而这种心乱如麻的天性，任谁都改不了。李冶的父亲虽然生气，不是也没能改变李冶的多情和轻浮吗！其实从这里，就能看出唐朝的性别歧视来了，如果是一个男性诗人童年写诗，肯定是天赋异禀，比如杜甫吧，那就是"七龄思即壮，开口咏凤凰"。可是，轮到女诗人，就算天赋异禀，也只能是"经时不架却，心绪乱纵横"。这不就是赤裸裸的歧视吗？

那么，抛开这些属于时代的偏见不谈，李冶到底是一个什么样的人呢？此人既恋爱又交友，既多情又通透，如果生在今天，倒是一派见过大世面的都市女郎风范。这就是我要讲的第二个故事，"天女来相试，将花欲染衣"。这句诗说的其实是她和诗僧皎然之间的故事。

皎然是何许人？此人俗家姓谢，是南北朝时期著名诗人谢灵运的第十代孙子，擅长写诗，更喜好品茶。这样高贵的出身，又是这样清雅的人品，一下子就把李冶迷倒了。一个女冠爱上了一个高僧，当然有违清规戒律，可是李冶不管这些，她是一个热情直率的人，爱了就要说出来。她到底是怎么表白的呢？其实我们并不知道。但是，我们知道皎然是怎么回绝的，因为他给李冶回了一首诗，诗题就叫《答李季兰》，诗云："天女来相试，将花欲染衣。禅心竟不起，还捧旧花归。"什么意思呢？所谓"天女"，是唐朝对女道士的代称，这里指的就是李季兰。皎然是说，你来试探我，想要用你的花瓣来沾染我的衣襟。可是我的禅心已定，你还是捧着花回去吧。这里的花到底指什么呢？它既不是俗家的牡丹，也不是僧家的白莲，它是一颗多情的女儿心呀。你捧着你的痴心来了，可是，我却早已练就了一颗不染凡俗的禅心。佛法清净，恕我无法回报，你还是带着你的心回去吧。女道士一腔痴情地试，大和尚风轻云淡地回，两个人其实都有出位之举，但也都很有腔调，谁也不觉得唐突，更不觉得猥琐。事实上，这件事情之后，李冶和皎然继续论茶论诗，男女之情淡去，知己之情倒是浓厚起来，这背后的一派自在潇洒，就算放在今天，也仍然令人心生敬意吧。

如果说既恋爱又交友属于李冶的生活态度，那么，既深情又通透就属于李冶的情感态度了。李冶的诗一共留下十六首，倒有一大半都是在讲爱情的，比如，那首著名的《相思怨》："人道海水深，不抵相思半。海水尚有涯，相思渺无畔。携琴上高楼，楼虚月华满。弹著相思曲，弦肠一时断。"看到这首诗，我经常会想起法国大文豪雨果的那句名言："世界上最广阔的是大海，比大海更广阔的是天空，比天空更广阔的是人的心灵。"同样是拿大海和人心相比，雨果看到的是广度，而李冶看到的是深度。"人道海水深，不抵相思半。海水尚有涯，相思渺无畔。"这样强烈的慨叹背后，是有多深的感情做支撑啊。可是，仅仅谈深情，那还不是完整的李冶。李冶的另一面是通透。什么叫通透呢？

她有一首《八至》诗，最为有名。诗云："至近至远东西，至深至浅清溪。至高至明日月，至亲至疏夫妻。"这首诗不是常规的五言诗或者七言诗，而是不太常见的六言诗。全诗一共二十四个字，倒出现了八个"至"字，所以就叫《八至》。这"八至"是什么呢？先看第一句，"至近至远东西"。想想看，这真是一个既浅显又实在的真理。东、西是两个相对的方向，它说近就近，哪怕是紧挨着的两个物体，也可以分出来一东一西来；可是，它也是说远就远，远到无边无际，仍然不外乎是一东一西。这是常识吧？却也具有深刻的辩证法。再看第二句，"至深至浅清溪"。清清溪水比不上江河湖海，它肯定是浅的。可是，这看似浅浅的一湾溪水，却能容纳天光云影，大千世界，让人觉得深不可测。这不也是辩证法吗？再看第三句，"至高至明日月"，最高的最亮的就是太阳和月亮。这还是不是辩证法？不是了，这里没有辩证，就是一个简单的陈述句。这岂不是配不上前两句诗，显得有点平淡了？别急，这正是会写诗的手法。警句不能像连珠炮那样层出不穷，到中间总得铺垫一下，让人喘一口气。喘过气之后呢？一个真正的金句出现了："至亲至疏夫妻"。看到这里，所有的人都会明白，前面那一切辩证，一切铺垫，原来都是为这句服务的。古代讲夫妇齐体，可是，这理论上应该生同衾、死同穴的两个人，在实际生活中却既可能同生共死，也可能同床异梦，而夫妻之间一旦同床异梦，那就比陌生人还要可怕。这不就是"至亲至疏夫妻"吗？这样的话，既不是小姑娘的娇嗔，也不是怨妇的抱怨，这里有一份看透世情的老辣，还有一份爱恨交织的无奈，真是既成熟，又通透，像极了如今练就一身本事，"上得了厅堂，下得了厨房"，却也还要"斗得过小三，打得过流氓"的都市新女性。事实上，古代也罢，今天也罢，就算是明媒正娶的结发夫妻，生活里尚且有多少苟且，多少不堪，何况是李冶这样一辈子只有恋爱缘，而无婚姻分的女道士呢！如此说来，李冶这一句"至亲至疏夫妻"，既是通透，也是无奈了。

不过，就算李冶拎得清感情，她也依然拎不清命运。因为她的命运，根本不由她主宰。这就是我要讲的第三个故事，"不料虚名达九重"。李冶的诗越来越有名气，最后居然传到了皇帝耳朵里，唐代宗特地召她入宫见驾。皇帝召见，这可是了不起的大事。天宝元年（742），唐玄宗召李白入宫，李白是何等得意啊。他写过一首《南陵别儿童入京》，结尾的两句最有感染力："仰天大笑出门去，我辈岂是蓬蒿人！"如今，这样的殊荣轮到李冶了。面对这突如其来的荣耀，李冶是不是也像李白那样兴奋呢？其实并没有。李白赶上的是太平盛世，他又自视甚高，一心希望建功立业。而李冶生逢安史之乱之后的衰世，当时已经年过半百，她又是一个女道士，本来也无意指点江山，所以对这次征召，她倒是颇为淡泊。她写了一首《恩命追入留别广陵故人》，和朋友告别。诗云："无才多病分龙钟，不料虚名达九重。仰愧弹冠上华发，多惭拂镜理衰容。驰心北阙随芳草，极目南山望旧峰。桂树不能留野客，沙鸥出浦谩相逢。"什么意思呢？我没有才华，多病多痛，老迈龙钟，不料我的一点虚名居然惊动了皇帝，召我入京。摸摸帽子旁边露出的白发，看看镜子里衰老的容颜，我真是羞愧得无地自容。我的心已经随着一路的芳草到了北方的宫阙，可是，我又忍不住极目南天，遥望那看惯了的山峰。多情的桂树已经无法留住我了，自在的沙鸥却又从水边飞来，和我蓦地相逢。看到没有？还没有见到皇帝，她已经开始羡慕自由自在的沙鸥了，想来，这"不料虚名达九重"的诗句中，也隐藏着许多无奈吧。

可是，就算有点无奈，她肯定也不会想到，这一次入宫，走上的竟然是一条不归路。怎么回事呢？李冶进京不久，唐代宗就死去了，继任的是他的儿子唐德宗。德宗依然爱好文艺，李冶也就继续待在宫里，陪皇帝吟诗作赋。可是，除了写诗，德宗皇帝还有更大的抱负，他一心要把安史之乱丢掉的东北地区收回来。这当然是不得了的雄心壮志，可惜，他的实力和他的雄心并不匹配。几番操作失误之后，不仅原来的叛军没能平定，派去平叛的士兵也突然哗变，拥立一个叫朱泚的将军当皇帝，唐德宗连滚带爬，仓皇逃出了长安城。那李冶呢？她是个可有可无的小人物，皇帝逃跑，决计不会想要带上她。于是，她就顺理成章地成了新皇帝朱泚的俘虏。朱泚和唐德宗虽然在政治上不共戴天，但文艺观点倒是颇为一致。大名鼎鼎的女中诗豪李冶在此，为什么不让她写诗歌颂新朝呢？李冶确实不是忠臣烈女，她只是一个会写诗的人。既然宫城易主，李冶也不想反抗，她就只是按照新皇帝的新要求，写她写熟了的那些马屁诗。可是，新皇帝的统治并不持久，没过多久，唐德宗又打回来了。这一次，他倒并没有忘记李冶。刚一回宫，德宗就把李冶抓了起来，质问她为什么给朱泚歌功颂德。李冶解释说，自己陷落城中，身不由己。听完李冶的辩解，唐德宗哼了一声，说："你身不由己？人家严巨川不也是陷在城中，身不由己吗？但他怎么写的？'手持礼器空垂泪，心忆明君不敢言'，你怎么就不能'心忆明君不敢言'呢！"不容分说，一顿乱棒，将李冶活活打死。不知道在这一刻，李冶是否想起了来时路上，那些在水边自由翱翔的沙鸥呢？

其实，沙鸥自在，却也无法摆脱水和天的纠缠，就像一个女道士，就算摆脱了家庭的羁绊，摆脱了父权与夫权，却也始终无法摆脱君权，摆脱时代一样。不过，作为诗人，李冶也算拥有了一项特权，她的诗超越了她的生命，也超越了她的时代。

扫眉才子知多少，
管领春风总不如

李冶之后，女诗人中的第二个扛旗人，是浣花溪畔的女校书薛涛。

薛涛是个有故事的女诗人。她的故事特别动人，至今仍然在广为传颂。在所有的故事中，我想挑选三个和大家分享。第一，女校书，第二，姐弟恋，第三，薛涛笺。

先看"女校书"。很多人都知道，中国古代的妓女，特别是高级妓女雅称为"校书"。校书是个官名，怎么会和妓女联系在一起呢？其实就是从薛涛这儿来的。薛涛的出身，在唐代三大女诗人中最为低下，她是成都的一个官妓，也就是服务于政府的女招待、歌舞伎。官妓怎么又成了校书郎呢？这还得从薛涛的身世说起。薛涛字洪度，原本是长安人。她的父亲从长安到蜀地做官，就把全家都带到了蜀地。不料天有不测风云，她还尚未长成，父亲突然去世。薛涛母女回乡无望，坐吃山空，万般无奈之下，只好靠薛涛往来应酬，出卖色相度日。薛涛毕竟是官家小姐出身，从小跟在父亲膝下吟诗作赋，比那些庸脂俗粉出挑多了，很快就在小圈子里出了名。很多人都盛传，她不仅姿容美丽，而且还通音律，善辩慧，工诗赋，是个才女。这个名声一传出来，引起了一个人的注意。谁呢？剑南西川节度使韦皋。韦皋在当时的唐朝，可是大名鼎鼎的一号人物。此人主政剑南 21 年，牢牢防控着唐朝的西南边疆，当时颇有诸葛亮转世的说法。不过，四川可不仅仅是军事重镇，那还是个"花重锦官城"的繁华之地，有很多文人往来。韦皋是个风雅的长官，就把薛涛召到他的身边，让她入了乐籍。唐朝的乐籍是贱民，专门负责在政府的招待宴会上吹拉弹唱，给客人侑酒，陪客人聊天。按照韦皋的想法，能歌善舞的乐伎常有，但是，能够吟诗作赋的乐伎却不常有。起用薛涛，能够给他的酒宴增添更多的文化气息。

薛涛到韦皋身边后，很快声名鹊起，从此每有盛宴，薛涛就成为侍宴的不二人选。时间长了，韦皋跟她有了点私交，偶尔也会让薛涛帮忙看个案牍，或者起草个公文，薛涛都能做得得心应手。这样百伶百俐的女孩子，让韦皋很是欣赏。当时，各个节度使都有一定程度的用人权，只要看中了哪个人才，奏报朝廷，朝廷一般都会批准。韦皋也是个不拘一格的人，居然就借着这个惯例，请求唐德宗授予薛涛秘书省校书郎的官职。这个官职到底是干什么的呢？说起来，校书郎的基本工作就是校勘书籍，不是什么重要岗位，品级也只有从九品，是个不折不扣的芝麻官。不过，这个官虽然小，却属于清流官，门槛不低。一般来说，能当上校书郎的都是高中进士的青年才俊，众所周知的大诗人王昌龄、白居易等，都是从校书郎这个岗位踏入仕途的。现在，韦皋仗着自己位高权重，居然举荐一个女人，而且还是官妓来当校书郎，这不是拿朝廷开玩笑吗？唐德宗虽然倚重韦皋，但也不想冒天下之大不韪，最终还是拒绝了韦皋的要求。虽然朝廷没有批准，但是，民间却早就把这件事传得沸沸扬扬，从此之后，人们就开始管薛涛叫女校书。薛涛的身份不是乐伎吗？后来，四川的妓女就称为女校书，再到后来，女校书就成了高级妓女的雅号，推广到全国了。

女校书这个名号叫起来的时刻，应该也算是薛涛一生中的高光时刻吧，薛涛成了韦皋身边最受宠的红人，一时之间风头无两。那些前来拜访韦皋的客人，哪怕已经身居高位，也纷纷给薛涛送礼，希望她能在韦皋面前美言几句。薛涛当时少年轻狂，哪能想得那么周全！凡是有人给她送礼，她就照单全收，收过之后还如数上交给韦皋。这样看来，她真正爱的并不是钱，她只是觉得有趣，甚至，还有一点点在韦皋面前撒娇讨宠的小女儿心态。你看，我也挺有本事的吧？这么多人都巴结我。薛涛以为，她只要不把那些财物纳入自己的腰包就没有关系，可她没有想到，她消费的，其实是韦皋的权威。俗话说"伴君如伴虎"，看到曾经乖巧的薛涛变得如此招摇，韦皋这个大老虎发怒了。薛涛不是官妓吗？官妓就必须得听从官府调动。韦皋一声令下，把薛涛从成都城赶了出去，外放到西部的一个边防营地，让她当了营伎。所谓营伎，就是军营中的官妓，负责给边防将士唱歌跳舞，鼓舞士气。从花柳繁华的成都来到荒凉寂寞的边城，身边文雅风趣的宾客也换成了莽撞粗鲁的军汉，这对薛涛来讲，岂不是从天上掉到了地下！

薛涛撑不住了，写下两首《罚赴边有怀上韦令公》寄给韦皋。其中第一首是这么写的："闻道边城苦，今来到始知。羞将门下曲，唱与陇头儿。"我早就听说边城很苦，但是只有亲身到这里才明白到底有多苦。我还真是羞于给戍边将士们唱那些我从前唱惯了的靡靡之音，因为它们和这里的氛围太不搭调了！这首诗只有短短二十个字，却把耳闻与亲历、城市与边疆、温柔与严酷的冲突表达得那么真切动人，同时又含蓄委婉地表达了自己感受到的落差和悔恨。她希望韦皋看了，能够原谅她，怜悯她，让她回去。

然而，韦皋并没有那么容易被打动。也许在他看来，这样的悔过书还是太清高，太含蓄了吧，他决定再晾一晾薛涛。这一下，薛涛真的害怕了，她一连写了十首诗，分别叫《犬离主》《笔离手》《马离厩》《鹦鹉离笼》《燕离巢》《珠离掌》《鱼离池》《鹰离臂》《竹离亭》《镜离台》。不必跟大家分享这些诗的内容，单听这题目，大家就能感受到，薛涛把姿态摆得多么低！女校书那曾经高傲的头颅低到尘埃里，这才终于换来了韦皋的首肯，让她重新回到成都。我为什么要讲这一段呢？其实是想说，千万别高估了女诗人的浪漫，也千万别低估了女诗人的忧患。现在人们经常说，薛涛的诗文"无雌声"，也就是没有女性常见的脂粉气。但是，这种气度和心胸，其实正是苦难生活打磨和锤炼的结果。在唐诗的历史上，出身于社会边缘人的女道士也罢，官妓也罢，写诗的综合水准超过了闺秀诗人，这种复杂的人生历练也是重要原因。问题是，我们今天说"打磨"，只是一个词汇而已，对亲身经历者来讲，却是一段非常痛苦的人生经历。有谁会主动寻求这样的锤炼呢？所以，就算是薛涛，也一直在渴望着正常的生活，正常的情感。

　　这其实就是我要说的第二个故事，薛涛和元稹的姐弟恋。元稹和薛涛的故事是唐朝的一个著名公案。这件事最初记载在晚唐人范摅的《云溪友议》中。据说，大才子元稹素来仰慕薛涛，可惜一直无缘见面。终于有一天，元稹当上了监察御史。监察御史的职责是巡视地方，元稹"假公济私"，主动要求到四川巡视，其实主要目的就是想见一下薛涛本尊。当时四川的长官已经不是韦皋，而是换成了严绶。严绶知道了元稹这番心思，专门指派薛涛作陪，等于是给粉丝一个见偶像的机会。见面之后呢？正所谓"金风玉露一相逢，便胜却，人间无数"。两个人惺惺相惜，很快就突破了偶像和粉丝之间的界限，也突破了上级领导和接待专员之间的界限，甚至还突破了差距不小的年龄界限，谈起恋爱来了。要知道，元稹当时三十出头，还算风华正茂，而薛涛却已四十开外，在古代绝对算半老徐娘了。这样的姐弟恋，即使放在今天，也不同寻常，何况是一千多年前呢！可是，真爱来了，什么也挡不住。元稹住了多久，薛涛就陪了多久，两个人如胶似漆，难舍难分。工作结束之后呢？元稹必须回到长安，而薛涛却身隶乐籍，无法追随。更何况，元稹既然代表朝廷来检查工作，那就一定要保证清正廉洁，如果回去的时候带着一个四川女郎，这算怎么回事呢！元稹也不敢犯这个忌讳。无奈之下，两个人只好洒泪而别。

　　可是，回到长安之后，元稹无论如何忘不了薛涛。既然都是诗人，那就写诗传情吧。元稹的诗叫《寄赠薛涛》，诗云："锦江滑腻峨眉秀，幻出文君与薛涛。言语巧偷鹦鹉舌，文章分得凤凰毛。纷纷辞客多停笔，个个公卿欲梦刀。别后相思隔烟水，菖蒲花发五云高。"所谓"梦刀"，是升迁的意思，用的是晋朝王潘梦见三把刀挂在梁上，一会儿又增加一把刀，随即被任命为益州刺史的典故。（这其实是个字谜：三把刀并列，组成篆书的"州"字；再加一把刀，则打"益"字，益为增加之意，组合起来，即为益州。）整首诗是什么意思呢？锦江滑腻，峨眉秀丽，如此灵秀山河，方能孕育出灵动的才女卓文君和薛涛。薛涛的言语精妙，好像偷得了鹦鹉的巧舌，她的文章华丽，又好像分得了凤凰的羽毛。面对她，文人们纷纷停下了自己的笔，而达官贵人也都盼望到益州当官，希望自己能够梦见报喜的刀。我跟她分别之后远隔烟水，她那满院子的菖蒲花，从此只能在我心里开放，而她的身影，却仿佛在万朵祥云之上，离我那么远，又那么高。元稹不愧是个才子，这首诗写得真不错。把一切最美好的事物，都拿来陪衬薛涛了。蜀江水碧蜀山青陪衬她的灵秀，大才女卓文君陪衬她的才华，鹦鹉舌陪衬她的娇俏言语，凤凰毛陪衬她的锦绣文章。世间的一切男子在她面前都黯然失色，匍匐称臣，这不就是对薛涛最大的赞美吗？除了赞美之外，元稹对自己和薛涛之间的交往又是多么得意啊。所谓"菖蒲花卅五云高"，其实是说，人人都说菖蒲不容易开花，可是，她那满院子的菖蒲花曾经为我开放，而她在我心里，正像水边的菖蒲花一样美丽，又像天上的祥云一样清高。这不是霸道总裁宠上天式的俯视，而是来自小迷弟的热情仰视，原本出身低微，处处赔尽小心的薛涛，却成了爱情里的大女主。

　　然而，心动却未必真能导致行动。十年之后，元稹又一次来到四川，到达州当官。天各一方的两个有情人终于又近在咫尺，这一下，两个人应该真正牵手了吧？然而并没有。据说，元稹初到四川，也曾想和薛涛见面。可是，就在迎接薛涛的车马出发之

164

前，元稹又遇到了一个从江南来的女子，名叫刘采春。刘采春也是一位女诗人，虽然才气远远不及薛涛，但是，她会唱歌，会演戏，而且年轻漂亮，这不是别有一番风景吗？就这样，派去接薛涛的车马停下了，元稹又给刘采春写起诗来。一千多年来，一直让人津津乐道的元薛之恋就此黯然落幕。

怎么看待这段恋情呢？很多人都说元稹是渣男，先辜负了崔莺莺，又辜负了薛涛。但是，我始终觉得，拿今天的观念要求古人都并不客观。元稹是官，薛涛是伎，元稹和薛涛之间相隔的，也许并不是刘采春，而是那个时代。薛涛曾经写过一首《春望词》："花开不同赏，花落不同悲。欲问相思处，花开花落时。"花开花落自有时，但是，在花开花落之间，曾经有人让你寄托相思，这样的人生，已经不算虚度。

事实上，就在爱情淡去之后，薛涛和元稹还继续着文字上的交往。薛涛有一首诗叫作《寄旧诗与元微之》，现在还留存下来。诗的第一句是"诗篇调态人皆有，细腻风光我独知"。别人写诗，我也写诗，写诗的一般规格大家都一样，但是，诗的微妙细腻之处，却只有我能够写出来。这真是一种自信而昂扬的态度。能够有一个看得上、谈得来的老朋友，跟他聊聊共同感兴趣的话题，不一定就不如一个"你侬我侬，忒煞情多"的爱人吧。当年，杜甫对李白说："何时一樽酒，重与细论文？"想来，这样的愿望也曾不止一次地浮现在薛涛心头，造化弄人，花前对饮已成梦幻泡影，但是，细论诗文倒是有可能的，因为薛涛还有一项风雅的发明，就叫"薛涛笺"。

薛涛做官妓，一共侍奉过十一任剑南西川节度使。在一位名叫武元衡的节度使任上，她终于脱离乐籍，回归自由。余生应该怎么度过呢？薛涛在万里桥边的浣花溪畔买了一所小房子，种了满满一院子的花。花前月下，她脱下舞裙，换上了一袭道袍。其实，官妓和女道士都属于社会边缘人，但是无论如何，女道士还是比官妓多了一分清雅，一分仙气吧。所以，我们今天也会尊重薛涛最终的选择，称她为"女冠诗人"。当了女道士的薛涛继续跟各路诗人诗文往来，她写的诗都是短诗，而四川当时的信纸都太大了，怎么办呢？薛涛是个有巧思的人，她命人用自己门口百花潭的潭水造纸，把纸幅缩小，又用鲜花萃取颜料，把纸张染成深红色。她就在这样的红笺之上题诗，跟元稹、白居易、杜牧、刘禹锡等当代最有名的大诗人唱和。这个创意太清雅了，蜀中才子们纷纷订购，这种深红色的小信笺也就被叫成了"薛涛笺"，算是薛涛的专利，历代都有人仿制。

在薛涛的诗友之中，有一位名叫王建的诗人，给薛涛写了一首赞美诗，就叫《寄蜀中薛涛校书》，诗云："万里桥边女校书，枇杷花里闭门居。扫眉才子知多少，管领春风总不如。"什么意思呢？万里桥畔的那位女校书，在枇杷花围起来的小院子里闭门独居。历朝历代的女才子为数不少，但只有她的春风词笔，无人能及。所谓"扫眉才子"，用的是汉代张敞为妻子画眉的典故，所以后世就用"扫眉"来代表女性。既然如此，那么，"扫眉才子"也就是女才子了。有人认为，王建仅仅把薛涛放在女才子的队伍里进行比较，有点拉低了她的品级。但我一直喜欢这两句诗，喜欢"扫眉才子"这个说法。就像张敞画眉，并不会降低张敞的男子气概，同样，才子扫眉，也不会减少才子的文采风流。事实上，正是扫眉，才让才子的风流更进一步，就像薛涛的诗文本身已经足够好，但是，一旦写进薛涛笺里，就会显得尤其风雅，有如托月烘云。

易求无价宝，
难得有心郎。

在中国历史上，有两位因为犯罪被处死的女诗人。一位是大名鼎鼎的秋瑾，1907 年，因为预谋在绍兴大通学堂组织反清起义被捕，随后被判处死刑，留下了"秋风秋雨愁煞人"的名言。还有一位，就是本文的主人公鱼玄机。大唐咸通年间，鱼玄机因为谋杀自己的侍女绿翘，被当时的京兆尹判处绞刑，临死之前，也留下了"明月照幽隙，清风开短襟"的名句。

鱼玄机这个名字，是她当了女道士之后起的，比较有道家色彩。她的本名叫鱼幼薇，字蕙兰。从名字"幼薇"判断，她应该是家里的小女儿，家里对她的期盼和当时的大多数家庭并无不同，希望她既有兰蕙之貌，又有兰蕙之性，总之，做一个温柔贤惠的好女孩。但事实上，她的身世我们了解得极为有限。因为她会写诗，跟大诗人温庭筠有交情，有人就脑补出她的父亲是落魄书生，还说温庭筠本来是她父亲的朋友，后来又跟她成了忘年交。这些说法其实并没有什么证据。现存对鱼玄机最详细的记载来自一本叫《三水小牍》的笔记小说，书中说道："鱼玄机，长安倡家女也。"也就是说，鱼玄机是在妓院长大的一个孩子。这在唐朝倒是不无可能。因为唐朝的妓院本来就是科举考试的举子们经常光顾的地方，好多妓女并不以姿色见长，而是粗通文墨，伶牙俐齿，跟举子们磨牙斗嘴，也相互唱和，留下了不少风流佳话，也留下了不少不受欢迎的孩子。在这种地方生长的孩子自然是卑贱的，但是大概会遗传一点才子的灵气，又有着社会边缘人特有的不羁，因而颇为与众不同。鱼玄机就是这样一个与众不同的孩子。受着那些在妓院中来来往往的举子一鳞半爪的指点，她居然也学会了写诗。这是她的运气，但也是她一生悲剧的起点。

因为年轻貌美，又有才女之名，鱼幼薇十四五岁的时候，被一个叫李亿的状元郎看中了。大家都知道，唐朝考进士最难，一年只有二三十人上榜，所以当时的人羡慕得不得了，管进士叫"白衣卿相"，意思是说，此刻虽然还是身穿白衣的一介穷酸书生，但是总有一天要披红挂紫，成为公卿宰相。当年，大诗人孟郊四十五岁考中进士，高兴得无以复加，留下"春风得意马蹄疾，一日看尽长安花"的名句。考中进士尚且如此得意，更何况是状元郎了。想来，能够被李亿青眼相向，小小的鱼幼薇也是满心欢喜。唐朝是个讲究门第的时代，出身娼门的鱼幼薇当然不可能成为李亿的妻子，她只是李亿买下的小妾，不过，这个身份，已经足够让鱼幼薇高兴了。她跟着李亿学诗，也跟着李亿游历，度过了一段幸福的时光。

可是，这幸福是偷来的。偷谁的呢？偷李亿妻子的。李亿当时已经有家有室，他的妻子姓裴。这个姓氏今天看来平凡无奇，但在唐朝可是如雷贯耳。河东裴氏是唐朝著名的大族，唐朝享国289年，倒出了十七位姓裴的宰相，这样人家的女儿都是眼里揉不下沙子的。裴夫人容不下小小的鱼幼薇，李亿既不敢，也不肯为了一个小妾得罪嫡妻。怎么办呢？他把鱼幼薇送到长安城的咸宜观，让她出家当女道士去了。对这个安排，明眼人一看就知道是怎么回事。李亿其实舍不得鱼幼薇，所以既不赶她走，也不安排她另嫁他人，而是把鱼幼薇放在了道观之中。唐朝的道观管理并不严格，女道士和外人的交往颇为自由，所以也算是另一种形式的金屋藏娇。就这样，十六七岁的鱼幼薇出家了，起了个法号叫作鱼玄机。刚刚进入道观的时候，李亿还会不时来看她，鱼玄机也满怀希望地等着李亿，盼望他有一天能做通家里的工作，接她回去。就在这种心态下，鱼玄机给李亿一首一首地写诗，现在留下的还有六七首，其中有一首说："虽恨独行冬尽日，终期相见月圆时。"什么意思呢？现在是冬天了，我独自一人，更觉凄凉，但是没关系，我还在期待有一天能够跟你团聚，花好月圆。

然而，人月两圆只是鱼玄机的一个梦。没过两年，李亿离开长安，到外地做官去了。这一别，让鱼玄机的心都凉了。鱼玄机本来就不是那种以夫为天的小女子，既然李亿抛弃了她，她也就另做打算了。鱼玄机出家的咸宜观本来是当年唐玄宗的女儿咸宜公主修道的地方，也算一座知名道观，好多社会名流都是这里的香客。鱼玄机的诗名早就在士林之中广为传颂，现在没了李亿的羁绊，鱼玄机开始尽情地跟这些文人墨客往来。按照《三水小牍》

的说法，当时长安的风流才子们都以跟鱼玄机交往为荣，他们把自己打扮得漂漂亮亮的去跟鱼玄机约会，去的时候还带上美酒，大家一起饮酒赋诗，尽情调笑，鱼玄机成了大众情人，交际花。

那么，对这样的生活，鱼玄机满意不满意呢？有一首诗《赠邻女》暴露了她的心迹。诗云："羞日遮罗袖，愁春懒起妆。易求无价宝，难得有心郎。枕上潜垂泪，花间暗断肠。自能窥宋玉，何必恨王昌？"我这比邻而居的好姑娘啊，大白天的，你却害羞地用罗袖遮住了自己的脸；春光正好，你却一脸愁容，懒得梳妆。我知道你的心事，你觉得千金珍宝容易得，难得的却是那一心一意的好儿郎。你在枕头上偷偷流着眼泪，你在花丛中愁断了柔肠。可是，你既然有这样的才貌，只要放开胸怀，就会有宋玉这样的妙人儿拜倒在你的石榴裙下，你又何必去恨那对你三心二意，若即若离的王昌？

这首诗流传得很广。特别是颔联"易求无价宝，难得有心郎"，让人一下子就想起了李冶的"至亲至疏夫妻"，都说得那么直白，却又那么令人心痛。中国古代讲究男主外、女主内，男子可以走出家庭，成就一番事业，而女子终身的事业就只有家庭。所以，女子对爱情格外看重，谁不期盼着能有一个有情有义的好夫婿，跟他从一生至一死呢？可是，中国古代又是男尊女卑的时代，男子可以有三妻四妾，女子却只能从一而终。这样强烈的不对等关系，纵容着男子朝秦暮楚，喜新厌旧，也让女子深深地慨叹，要找一个专情的丈夫，真比找一件无价的珍宝还难。《红楼梦》里，紫鹃劝林黛玉说："公子王孙虽多，那一个不是三房五妾，今儿朝东，明儿朝西？要一个天仙来，也不过三夜五夕，也丢在脖子后头了。

甚至于为妾为丫头反目成仇的。若娘家有人有势的还好些，若是姑娘这样的人，有老太太一日还好一日，若没了老太太，也只是凭人去欺负了。所以说，拿主意要紧。姑娘是个明白人，岂不闻俗语说：'万两黄金容易得，知心一个也难求！'"这不就是"易求无价宝，难得有心郎"的通俗版吗？一首诗里，能有这样通俗直白而又动人心魄的警句，真好。

可是，这首诗的胆子也真大。什么叫"自能窥宋玉，何必恨王昌"？宋玉和王昌都是古代有才有貌的美男子，宋玉还有一篇特别有名的文章，叫作《登徒子好色赋》，在那篇赋里，宋玉说他的东邻有一个美女，"增之一分则太长，减之一分则太短；著粉则太白，施朱则太赤。"总之，是一个美到极致的美女。但是，这个女子登上墙头窥探了宋玉三年，宋玉也不理睬。在这里，鱼玄机反用典故，对邻女说：如果王昌对你不好，你又何必死守一个王昌呢？你难道就不能登上墙头，去看看宋玉吗？换言之，他能找情人，你为什么不能找呢？这胆子也太大了吧，简直就是教唆少女学坏，是诲淫诲盗。问题是，这首诗真的是在教唆为情所困的邻家姑娘吗？我觉得，即使有那么一点，也绝不是重点。这首诗看起来是说给邻家姑娘，其实更是说给她自己，也说给她的丈夫李亿听的。你既然绝情，那也就别怪我移情别恋了！可是，她真的能够心无挂碍地放飞自我吗？其实又没有。否则，又怎么会写出"易求无价宝，难得有心郎"这样沉痛的诗句来呢？从这首诗我们就可以看出来，对爱情，鱼玄机放不下，也不甘心。

其实，让她不甘心的不只是爱情，还有浪掷了的才气。她有一首《游崇真观南楼睹新及第题名处》，颇能得到后世才女的共鸣。

崇真观地处长安城的新昌坊，而新昌坊就在唐诗中大名鼎鼎的乐游原上，地势高敞，游人如织。每年进士及第，就在崇真观的南楼张贴姓名。唐朝进士尊贵，张榜的时候，真是举国若狂，大家都到崇真观来看进士题名，比如今在网上围观高考状元还更有仪式感。这一年，鱼玄机也来看热闹了。那么，她看到这些进士题名之后，又做何感想呢？鱼玄机是这么写的："云峰满目放春晴，历历银钩指下生。自恨罗衣掩诗句，举头空羡榜中名。"峰峦起伏，在春日的晴空之下格外分明。进士们正用遒劲的书法在金榜上书写下自己的大名。恨只恨自己的女儿身份掩盖了锦绣诗文，此时我只能抬起头来，白白地羡慕着他们金榜题名。

这首诗写得比上一首还好。"云峰满目放春晴，历历银钩指下生"写得何等喜庆！蟾宫折桂，不就应该是这样春风得意吗？可是，后两句"自恨罗衣掩诗句，举头空羡榜中名"，又是何等不甘！自己也写得一手好诗文，李亿也罢，温庭筠也罢，多少才子，哪一个不佩服她的锦心绣口呢？可是没有用，科举只给男子提供实现人生价值的机会，而身着罗裙的女子，无论多么有才华，也不得施展，只能空怀怅恨，望洋兴叹。一句"自恨罗衣掩诗句，举头空羡榜中名"，说出了古今多少女子的激愤与不平！后来，李清照不也说"我报路长嗟日暮，学诗谩有惊人句"吗？再后来，秋瑾不也说"身不得，男儿列；心却比，男儿烈"吗？千百年来，曾经有多少女子发出过类似的感慨，她们有多自信，就有多不甘，可是，就算不甘，又能如何呢？

这两首诗放在一起看，我们就明白了，咸宜观里的鱼玄机虽然放浪形骸，但却并不幸福。她不甘心情感被辜负，也不甘心才华被埋没，她像一只被困住的小野兽，找不到突破口。

　　这个时候，发生了一件事，终于让她突破了正常社会的边界，也最终把她推向了死亡的深渊。鱼玄机在咸宜观有一个侍女，名叫绿翘，也是个姿色秀美而又心思通透的小姑娘，仿佛是一个更年幼的鱼玄机。有一天，鱼玄机去拜会邻家女伴，走的时候嘱咐绿翘说，如果有客人来，就告诉他，我在某某家，让他来找我就是。结果一天过去了，并没有人找她。到了傍晚，鱼玄机回到家中，绿翘迎上来说，刚才某某来过了，知道您不在，没下马就走了。这本来是挺平常的一件事，可是，这位客人不是寻常访客，而是鱼玄机一直翘首等候的情郎。鱼玄机被辜负的次数多了，在爱情上并不自信，她不愿意相信这男子对她的情分只有那么浅淡，而是把怀疑的目光投在了绿翘的身上。会不会是这个小丫头趁她不在，勾引了她的情郎呢？情郎一定是在绿翘这里尝到了甜头，否则，怎么可能不去找她呢！

　　妒火中烧的鱼玄机一把将绿翘拉进房中，关上门，掌上灯，拿起鞭子，连夜审讯。绿翘坚持说，客人真的只是在门口问了一声，就骑马走了。而她自己，既然已经入了道观，就早把男女之情抛在脑后，当然不可能去勾引男人。这话是真是假暂且不论，但它却实实在在地激怒了鱼玄机，这难道不是讽刺鱼玄机六根不净，一门心思勾引男人吗！鱼玄机勃然大怒，把绿翘的衣服扒光，狠狠打了她几百鞭子。绿翘一个娇弱的小姑娘，哪能禁得起这样的酷刑折磨呢？奄奄一息之际，绿翘拿起一杯水，泼在地下说："你本来应该在道观里寻求三清长生之道，却不能忘却男欢女爱，还要诬陷我和你一样不正经。如今我就要死在你的手下了，可是，

173

天地做证，就算到了地下，我也饶不了你！"说罢，气绝身亡。

眼看绿翘死在自己面前，鱼玄机这才清醒过来，也实实在在地害怕起来。她趁着夜色，匆匆忙忙在后院中刨了一个浅坑，把绿翘埋了进去。此后，但凡有人问到绿翘，她都说，这姑娘不安分，逃走了。就这样过了若干天，没人再提起这件事，鱼玄机也稍稍放下心来，又在家里接待客人。有一天，一个客人喝了酒，到后院小解。他发现有几十只青蝇都落在一小片新土上，赶走了，很快又聚拢过来。再仔细看，那片新土上仿佛还有血迹，而且，隐隐约约散发着腥气。这客人心里很不踏实，回去的路上就告诉了自己的仆人。而他的仆人，又当闲话讲给了自己的哥哥。这位哥哥恰好是这片街区的巡查（类似于今天的片儿警），曾经向鱼玄机索要过保护费，而鱼玄机却并不搭理他，因此早就对鱼玄机怀恨在心。此刻得知这么一条线索，他马上带领几个巡逻冲进鱼玄机家里。随着几把铁锹插入后院的新土，绿翘的尸体大白于天下，鱼玄机也因此银铛入狱。

要知道，鱼玄机也算当时的京城名流，此案一出，天下哗然。好多文人都替她惋惜，为她求情。怎么判呢？要知道，唐朝还是一个等级森严的社会，主奴关系并不平等。按照唐律，如果奴婢有罪，主人不经官府同意就擅自杀人，要杖责一百；而如果奴婢无罪，主人无故杀人，则要判处有期徒刑一年。也就是说，以当时的刑法而言，就算从重量刑，鱼玄机也只需要服刑一年而已，更何况，还有那么多文人为她求情。那么，京兆尹是不是会遵从舆论，从轻发落呢？并没有。当时的京兆尹是一位道德君子，他从内心深处看不起鱼玄机这样的轻浮女子。再看到有那么多文人替她求情，京兆尹尤其觉得不安。一群饱读诗书的文人，不去探寻孔孟之道，反倒围随在一个轻薄道姑的身边，为她神魂颠倒，这不是世风日下，人心不古吗？此风决不可长！就这样，京兆尹反其道而行之，从重发落，判处鱼玄机死刑，秋天执行。

在污浊的监狱里，在等死的过程中，鱼玄机写下了两句诗："明月照幽隙，清风开短襟。"明月从门缝中照了进来，清风也吹开了我的衣襟。这是一种多么清明，多么纯净，又多么淡泊的心境啊。这一刻，鱼玄机这么多年的不甘心放下了，这么多年的不安心也放下了。这一刻，她不是穷凶极恶的罪犯，不是放浪形骸的女道士，不是被抛弃的小妾，她只是一个诗人。唐代的天空，还容不下鱼玄机的爱情和雄心，但是，它可以容得下鱼玄机的诗篇。在唐朝，李冶号称"女中诗豪"，而鱼玄机号称"女中诗圣"。她们的成就虽然无法和诗豪刘禹锡相比，更无法跟诗圣杜甫相比。但是，她们曾经让唐诗在最阴暗的角落里开出花来，像是在说，野百合也有春天。

第五章

宋元往事

这是一个中年妇女的飒爽英姿，它既不攻击，也不妥协；它理解人性，也相信人性；它直白泼辣，也委婉深沉；它像一把重锤，一下子就击中了赵孟頫的心。

李清照

何须浅碧深红色，
自是花中第一流

近年来有一个很流行的话题，叫名媛。本文就借千古第一才女李清照，来聊聊什么是真正的名媛。

古代和今天不一样，今天的名媛或许还可以白手起家，但是，古代的名媛，却必须有良好的家世背景。比如，东晋的谢道韫，那是大名鼎鼎的名媛，而她的背后，是更加大名鼎鼎的王谢家族。再比如，本文的主人公李清照，她的父亲李格非是苏轼的学生，官至礼部员外郎，母亲是仁宗朝状元王拱辰的孙女。在这样的家庭里长大，李清照从小饱读诗书，而且很早就有名气。他父亲的师兄，苏轼的大弟子晁补之曾经多次在当时的文人圈子里提起她，说她工诗善文，才力华赡，逼近前辈，近世罕有。中国古代有名气的妇女并不算少，但绝大多数都是在成年以后，以贤妻良母的身份为人所知。能够在未嫁的少女时代就暴得大名

179

的，恐怕也只有两个人，一个是谢道韫，另一个就是李清照。谢道韫的名气，靠的是一句风雅的议论：白雪飘飘何所似？未若柳絮因风起。李清照的才华又是怎么表现出来的呢？她留下的诗文可比谢道韫多多了。比如，我们中学课本学过的《如梦令·常记溪亭日暮》："常记溪亭日暮，沉醉不知归路。兴尽晚回舟，误入藕花深处。争渡争渡，惊起一滩鸥鹭。"我时常记起那一次，在湖边亭子里喝酒一直喝到薄暮，天又黑，人又醉，竟然找不到回家的路。尽兴而归的我们，划着小船摇摇摆摆，居然划进了荷花深处。为了钻出荷花荡，我们拼命地划呀划，河滩上扑棱棱飞起了一群鸥鹭。怎么样？这个胆大活泼的少女，像不像《红楼梦》里的史湘云？史湘云喝醉了，不过是嘴里嘟囔着酒令，酣眠芍药茵，而李清照呢？居然能撑起长篙，把小船划进了藕花深处。贾府八月十五过中秋节，林黛玉和史湘云两人在凹晶溪馆联诗，正好一只鹤从水面飞过，林黛玉胆子小，说：敢是个鬼罢？史湘云胆子大，说："我是不怕鬼的，等我打他一下。"她这么一打，白鹤惊飞，还引出了揭示两位小姐命运的两句诗文：一句是"寒塘渡鹤影"，影射史湘云的日后遭遇；另一句是"冷月葬花魂"，影射着林黛玉的早逝结局。这真是特别有趣的写法。而李清照呢？她也惊动了一滩鸥鹭，也引发了一阕小令，这阕小令可比贾府两位小姐的诗要开朗多了。"争渡争渡，惊起一滩鸥鹭"，能写出这样作品的少女，不是林黛玉那样的弱柳扶风，倒像是活泼好动、灵秀开朗的史湘云，是个英姿飒爽、落落大方的大家闺秀。

这样的美少女打动了一个少年郎，这位少年郎名叫赵明诚。赵明诚是尚书右仆射赵挺之的儿子，当时还在太学读书，相当于现在的大学生。他早就读过李清照的诗词，对这位才女仰慕不已。可是古代讲究"男女授受不亲"，他再仰慕，也无缘得见。怎么办呢？根据元朝一本笔记小说《琅嬛记》的记载，正好这个时候，赵明诚听说，爸爸赵挺之要给自己说亲了。赵明诚就对爸爸说他梦见一本书，书上写着三句话："言与司合，安上已脱，芝芙草拔。"他不明白什么意思，特来请教父亲。这三句话到底是什么意思呢？这其实是一个字谜。"言与司合"，打一个"词"字。"安上已脱"，打一个"女"字。"芝芙草拔"呢？是指把"芝"和"芙"两个字的草字头去掉，那不就是"之夫"吗？所以三句话连起来看，就是"词女之夫"。在当时，有谁当得起"词女"的美誉呢？当然是李清照。赵挺之看到儿子的字谜，微微一笑，心里想：原来臭小子看上李格非家的姑娘了，居然还跟我玩这种把戏！赵李两家都是山东人，又门当户对，何乐不为呢？于是，赵挺之就顺着儿子的意思向李格非求婚，从此，也就有了中国文学史上最美满的一对佳偶——李清照和赵明诚。这个小故事自然不能完全当真，但是，它仍然告诉我们，赵李两家本来是门当户对，大有渊源的。这就是我要说的第一个问题，古代的名媛，必须有良好的家世背景，就像李清照，虽然不是像谢道韫那样出身累世相承的高门大族，但是，她是士大夫之女，又是士大夫之媳，还是士大夫之妻，这是那个时代名媛的基础条件。

那么，是不是只要出身好，就能叫名媛呢？却又不然。名媛还得有一个必不可少的自身条件，叫作有雅趣，或者按照现在的说法，有高雅的精神追求。李清照有两大雅趣，一个是属于自身天赋的，就是作诗填词；还有一个，是跟赵明诚结婚之后慢慢培养起来的，叫作金石学。

先说作诗填词。大家都知道，《红楼梦》里，那些诗情画意的小姐最喜欢下雨下雪，这样的天气变化会让他们更有诗兴。李清照也是如此。比如，我们都熟悉的那首《如梦令·昨夜雨疏风骤》："昨夜雨疏风骤，浓睡不消残酒。试问卷帘人，却道海棠依旧。知否知否，应是绿肥红瘦。""卷帘人"是谁？有人说是侍女，也有人说，就是憨厚的赵明诚。昨天夜里，雨点稀稀疏疏，风却刮得急骤。一宿的浓睡，也未能抵消傍晚喝的那顿好酒。懒懒地问那卷帘人，院子里的海棠还好吗？她（他）却说，海棠依旧。傻瓜呀，你可知道，经过这么一夜的风雨，一定是绿叶更肥，红花更瘦。女词人的心灵，果然是比那卷帘人要敏锐吧？一句"绿肥红瘦"，说出了对春天的几多珍重，几多怜惜！这还只是下雨。如果遇到下雪，李清照就更兴致勃勃了。她会到远远的郊区去踏雪寻梅，当然，每次都少不了要赵明诚陪伴。这样一来，赵明诚可辛苦了，一边要扶着夫人赏雪，一边还要琢磨晚上的家庭作业怎么写。怎么会有家庭作业呢？根据笔记小说的记载，李清照每次赏完雪，都要写诗，而且还要赵明诚唱和。可是，赵明诚并不太擅长此道，所以，难免会愁眉苦脸，兴味索然。这不就跟如今让小学生写春游有感是一个道理吗！

当然，有的时候，赵明诚的斗志也会被激发起来，努力跟夫人争一个高下。有一年重阳，赵明诚在外地做官，李清照"每逢佳节倍思亲"，就写了一首《醉花阴·重阳》寄给他："薄雾浓云愁永昼，瑞脑销金兽。佳节又重阳，玉枕纱厨，半夜凉初透。东篱把酒黄昏后，有暗香盈袖。莫道不销魂，帘卷西风，人比黄花瘦。"什么意思呢？一整天都是云雾缭绕，真是令人忧愁；只能眼看着瑞脑香在兽形的铜香炉里一点点烧透。又到重阳佳节，一个人枕着玉枕，睡在纱帐里，半夜感觉凉风把薄薄的被子都吹透。黄昏时分，一个人到院子里把酒赏菊，菊花的暗香就萦绕在我的衣袖。可别说此情此景不让人黯然神伤，你看那秋风卷起门帘，帘子里的人儿比那菊花还要消瘦。据说，赵明诚收到这阕词后，爱不释手，干脆闭门苦吟，自己仿写了整整五十首。写好之后，他把自己的词和李清照的词混在一起，送给朋友陆德夫品评。陆德夫反复吟咏，最后说，篇篇都好，但是，他最爱的还是"莫道不消魂，帘卷西风，人比黄花瘦"！赵明诚一听，心悦诚服，甘拜下风。

再看金石学。所谓"金"，主要是指青铜器及其铭文，而"石"则是指石刻，特别是石刻文字。这是北宋发展起来的一门学问，其实就是现在考古学的一个前身。赵明诚是北宋金石学的大家，从很年轻的时候起就到处搜罗钟鼎彝器，古碑古拓，哪怕为此荡尽家财也在所不惜。可是，他要是一人吃饱全家不饿的单身汉也就罢了，既然跟李清照结了婚，就难免要更多地考虑现实生活。那么，这种爱好还能维持下去吗？事实上，赵明诚的爱好不仅维持了下去，而且还更上一层楼。因为李清照耳濡目染，也对金石学产生了浓厚的兴趣，夫妻俩夫唱妇随，收藏就有了一种别样的甜蜜。有一个著名的典故叫"赌书泼茶"，讲的就是这个事情。李清照和赵明诚结婚不久，他们的父辈就卷入党争之中，赵明诚在官场待不下去，干脆跟李清照一起，隐居到青州老家。一般人受到这般挫折，肯定会郁郁不乐吧？可是，李清照根本不觉得失意，相反，倒像是归巢的小鸟一样怡然自得。她给自家的藏书楼起了一个名字叫"归来堂"，用的就是陶渊明"归去来兮"的典故。又给自己起了一个别号叫"易安居士"，用的也是陶渊明《归去来兮辞》中的那句话："倚南窗以寄傲，审容膝之易安。"闲居无事，干点什么好呢？李清照和赵明诚就全心全意地投入了金石的收藏、编目和整理之中。这样的工作本来不免枯燥，可是，两个人却把它变成了游戏。整理了一天之后，到了晚上，两个人吃罢晚饭，就在归来堂摆好茶具，煮好新茶。这茶怎么喝呢？两个人就指着那堆积如山的古籍，说一件事或者一句话，然后抢答这件事记载在哪本书、第几卷、第几行，谁答得快、答得准才能喝茶。到底谁答对的多呢？李清照记性好，几乎永远是她答对，她先喝。可是，这种游戏太刺激了，赢了之后难免哈哈大笑，结果好端端的一杯茶全都泼在了衣服上。这就是后世读书人最为津津乐道的"赌书消得泼茶香"。这时候，李清照可没有什么香车宝马，高屋华堂，她只要有书，有画，有跟她一样爱书爱画的伴侣就足够了，这样的精神贵族，不就是真正的名媛吗！

那么，是不是出身好，有雅趣就足以成为名媛呢？还不是。真正的名媛，还得有足够的骄傲。这种骄傲，可不是词写得比别人好，书背得比别人多，而是一种人格上的骄傲，也就是在任何情况下，都能昂起自己的头。李清照的骄傲是怎么表现出来的呢？有诗为证。这首诗叫《夏日绝句》，诗云："生当作人杰，死亦为鬼雄。至今思项羽，不肯过江东。"

这首诗有一个重要背景，叫"靖康之变"。北宋建国之后，一直在跟少数民族打仗，先前跟辽朝打，跟西夏打，还都能勉强支持；但是，到北宋末年，在辽朝以北的东北地区崛起了一个新的少数民族政权，叫金朝。北宋的君臣都是糊涂虫，还想着远交近攻，勾结金朝来打老对手辽朝，没想到金朝实力太强，把辽朝打败之后，不是跟北宋一起瓜分辽朝的土地，而是顺势南下，一举攻破了北宋的都城汴梁，俘虏了宋徽宗、宋钦宗父子，把后宫、宗室、大臣、百姓等十几万人都押解到了北方。这件事发生在宋钦宗靖康年间，所以历史上称之为"靖康之变"。岳飞的《满江红》里，"靖康耻，犹未雪。臣子恨，何时灭"说的就是这件事。不过，靖康之变中虽然徽、钦二帝被俘虏，金朝却并没有完全灭亡宋朝。宋徽宗有一个儿子叫赵构，当时不在东京汴梁，所以逃过一劫。徽、钦二帝被俘虏之后，赵构一路狂奔，逃到江南，重建宋朝，历史上称为南宋。而中原大地，也就拱手送给了金朝人。这当然让李清照这样的中原儿女无比愤懑。这还不算，就在这个大背景下，李清照又经历了一次家丑。

当时不是朝廷南渡吗？赵明诚也到了南方，担任江宁知府。在这个位置上，他的巨大缺点就暴露出来了。什么缺点呢？赵明诚虽然风雅，但也懦弱。有一天夜里，驻守江宁的武官发动叛乱，赵明诚不仅没有履职尽责，指挥平叛，反倒连夜用绳子坠下城墙逃跑了！这种临阵脱逃的行为，根本不像一个男子汉大丈夫，这让他在李清照心中的形象一下子坍塌了。这时候，两个人再也没有赌书泼茶的默契了，他们相对无言，一路后撤。行至乌江，也就是当年项羽兵败自刎的地方，李清照的国仇家恨一下子涌上心头，脱口而出的，就是这四句诗："生当作人杰，死亦为鬼雄。至今思项羽，不肯过江东。"活着自然要当人中豪杰，就是死了也要做鬼中英雄。所以直到如今人们，还怀念项羽，怀念他宁死也不肯渡过长江，苟且偷生。

项羽活着的时候是不是英雄？当然是。当年，他破釜沉舟，大破秦军，这不就是"生当作人杰"吗？但是，更让李清照佩服的，不是项羽的生，而是项羽的死。

面对滚滚乌江，项羽并非没有退路，乌江亭的亭长都已经把小船准备好了，他完全可以走。但是，项羽宁可死也不肯走。他是带了八千江东子弟出来的，现在怎么能一个人回去呢！所谓不肯，就是"是不为也，非不能也"。这里既有士可杀不可辱的气概，更有不肯苟且偷生的良心，这样的人，即便是做了鬼，也照样是英雄！

项羽"不肯过江东"，可是，宋朝的皇帝也罢，自己的丈夫也罢，却都争相逃命，争相过江，这样的古今对比，怎能不让李清照悲愤交加呢！这种悲愤感才是这首诗的分量，也是李清照的骄傲。

我们今天都把李清照看作婉约派的一代宗师，但是，李清照的精神是有硬度的。这个硬度，超过了赵明诚，超过了赵构，超过了那个时代的芸芸众生。她让我们一下子就想起了另外两位名媛。谁呢？一位当然是谢道韫，当年，她面对孙恩叛乱，居然手刃敌兵，这是怎样的英雄气概！另一位，则是抗日战争中的林徽因。抗战结束后，林徽因14岁的儿子梁从诫问她，你们在李庄的时候，如果敌人打到四川来了，你们怎么办？林徽因说："中国念书人总还有一条后路嘛，我们家门口不就是扬子江吗？"这又是怎样的从容！这样挺直脊梁的女性，才叫名媛。

李清照有一首著名的咏物词，叫《鹧鸪天·咏桂花》。词云：

"暗淡轻黄体性柔。情疏迹远只香留。何须浅碧深红色，自是花中第一流。"这既是李清照的自我期许，也是古代名媛的真正风范。以这样的标准看，今天的名媛，还得加油；今天的文化建设，也还得加油。

朱淑真

独行独坐，
独倡独酬还独卧

宋代有名气的才女，除了李清照，还有一位朱淑真。

当年看《红楼梦》，有一个感慨，全书开篇所写的姑苏甄家，真像个低配版的贾府呀。甄英莲的人生本来也有个不错的开篇，只可惜有命无运，被拐子拐卖；又遇人不淑，成了薛蟠的小妾。连名字，也从亭亭玉立的"英莲"，改成了贴着水面的"香菱"。这样一来，她也就和金陵十二钗的正册无缘，只能进了十二钗的副册。可能读者朋友会糊涂，既然要写朱淑真，为什么一上来先说香菱呢？因为就像甄英莲是贾府小姐们的低配版一样，朱淑真的人生，也正像是李清照的低配版。而《红楼梦》中香菱的品格和遭遇，又像极了历史上的朱淑真。

我们把李清照定位为真正的名媛，曾经给出了三个理由，第一个理由是家世，第二个理由是雅趣，第三个理由是傲骨。这样三方面的优点，朱淑真其实也有，只不过跟李清照相比，都差了一些。就拿家世来说吧，李清照是北宋名士李格非的女儿，副宰相赵挺之的儿媳，学者赵明诚的夫人。所以我们说，这是士大夫之女，士大夫之媳，士大夫之妻。朱淑真的娘家和婆家虽然没这么显赫，但是，她的父亲和丈夫也都是官僚出身，所以朱淑真才会从小受到良好的教育，嫁人之后也从来没感受过生计艰难之苦。

再看雅趣。李清照一生，雅好诗词，雅好金石学。朱淑真虽然没有李清照那么宽阔的学术视野，但是也雅好诗词。她曾经写过《自责》二首，其中第二首诗云："闷无消遣只看诗，不见诗中话别离。添得情怀转萧索，始知伶俐不如痴。"什么意思呢？闲下来无事可做的时候，就拿看诗当消遣。可是，诗中竟然也有那么多离愁别绪。这让我的心情更加寂寥萧索，这才觉得，人生太过聪明，还不如傻一点，什么都不想。"闷无消遣只看诗"，这种解闷的方法，真让现在好多重点大学的文科生都为之汗颜，这不就是雅趣吗？事实上，朱淑真现在留下的诗词多达三百余首，在数量上超过了李清照，是明朝以前留下作品最多的女诗人。

再看傲骨。李清照在两宋之际的社会巨变中，反对投降，呼吁抵抗，留下过"木兰横戈好女子，老矣谁能志千里，但愿相将过淮水"这样慷慨激昂的名句，而朱淑真呢？虽然没有关注过如此重大的社会主题，但也会坚守自己的人生立场。她有一首《黄花》诗，吟咏秋菊，最见精神。诗云："土花能白又能红，晚节犹能爱此工。宁可抱香枝上老，不随黄叶舞秋风。"小小的菊花，宁可在枝头抱香终老，也不随黄叶在空中乱飘。这不就是颇有气概的人生宣言吗！后来，抗元志士郑思肖又把这句诗改写成了"宁可枝头抱香死，何曾吹落北风中"，来表达自己不投降元朝的决心。想来，能够写出这样诗句的朱淑真，内心也应该和"何须浅碧深红色，自是花中第一流"的李清照一样，有着不可剥夺的骄傲吧。

朱淑真方方面面都跟李清照相似，但是又都比李清照略低一筹，所以说，朱淑真是李清照的低配版。这"低配"二字，在我们今天说来，只是一个词而已；但是对朱淑真来讲，却让她一生断肠。因为朱淑真一生都在追求李清照那样的生活，但是，却处处受挫，最后没有活成李清照，反而活成了《红楼梦》里的香菱。

朱淑真的理想是什么？其实就是找一个像赵明诚那样满腹经纶的丈夫。她写过一首《秋日偶成》，说得最清楚："初合双鬟学画眉，未知心事属阿谁。待将满抱中秋月，分付萧郎万首诗。"我刚刚把头上代表着小孩子的双丫髻梳成少女的双鬟，自己就偷偷地学着画眉，我也不知道这一番心事最后会托付给谁。我只希望能有一天，和他一起看那满抱的中秋圆月，再让他把这良辰美景，写成一万首最美的诗文。这是多么动人的少女的祈祷呀。在中国古代，小姑娘画眉代表爱美，爱美本身就是一种精神追求。她希望在这世界上，能够有一个人呼应她的美，并且，用自己的才华来匹配这种美，郎才女貌，这样的人生，不就像中秋月一样完满了吗？想想看，朱淑真开出的这个条件，赵明诚能不能达到？当然能。赵明诚虽然谈不上才华横溢，但绝对是个风雅之人。朱淑真想要找的，不就是这么一个人吗？那么，她有没有找到呢？

非常遗憾，在朱淑真身上，理想有多丰满，现实就有多骨感。朱淑真的父母没有李清照父母的声望和本事，不能帮她找一个情投意合的翩翩公子，他们只能在自己的社会阶层之内，替朱淑真挑选一个门当户对的丈夫，而这个丈夫，按照后来人们的说法，是个"俗吏"。所谓俗吏，就是庸俗的小官僚。这样的人不见得是坏人，但就是乏味。你让他看天边那一钩弯月，他只能想象成一个元宝；你让他看篱笆墙外娇艳的牡丹，他也只会告诉你，这东西能活血化瘀。这样的凡夫俗子，如果娶一个普通的姑娘，本来也可以和和气气地过日子，可朱淑真偏不是一个普通的姑娘，而是个最敏感的才女，而才女，又总是对精神沟通有着最执着的追求。这样一来，两个人就显得不匹配了。做丈夫的总嫌朱淑真事儿多，而朱淑真呢，又嫌丈夫像个木头一样不解风情。两个人的话越来越少，嫌隙倒是越来越多，朱淑真成了一个有丈夫的孤家寡人。就在这种心境下，她写出了最为人熟知的一阕词《减字木兰花·春怨》："独行独坐，独倡独酬还独卧。伫立伤神，无奈轻寒著摸人。此情谁见，泪洗残妆无一半。愁病相仍，剔尽寒灯梦不成。"我独自走，独自坐，独自吟咏，独自酬和，甚至独自一个人睡卧。我满怀愁绪久久伫立，也只有这透着寒意的春风来撩拨我。我的情怀根本无人看见，我的眼泪已经把妆容冲毁了一半。连日来不是愁就是病，总是没心情；把灯芯都剔尽了，却还是睡不着，连一个好梦都做不成。

这首词历来都说好，特别是第一句，"独行独坐，独倡独酬还独卧"一连五个独字，把一个女子无所不在的孤独，写得那么动人。现代有人开玩笑说，人的孤独分为十个级别，第一级是一个人去超市，第二级是一个人吃快餐，第三级是一个人喝咖啡，第四级是一个人看电影，第五级是一个人吃火锅，第六级是一个人唱KTV，第七级是一个人去海边，第八级是一个人去游乐园，第九级是一个人搬家，第十级则是一个人做手术。一个人做手术当然孤独，但是，它仍然抵不上朱淑真的"独行独坐，独倡独酬还独卧"。因为她所有的时候都是一个人，甚至明明身边有人，依然觉得自己就是一个人。这是一种精神上的深度寂寞，这寂寞让人觉得自己被笼罩在寒天大雾里，透不过气来。可能有读者朋友会说，这不就相当于李清照的《声声慢》吗？"寻寻觅觅，冷冷清清，凄凄惨惨戚戚"，一连十四个叠字，把那清冷凄凉形容得无以复加。不错，历来评论诗词，都拿朱淑真的"独行独坐，独倡独酬还独卧"来比李清照的"寻寻觅觅，冷冷清清，凄凄惨惨戚戚"。从填词的技巧上来看，两阕词也许有异曲同工之妙；但是，从人生真正的孤独感来讲，朱淑真的一定还要大于李清照的吧。因为李清照写这首《声声慢》的时候，她的丈夫赵明诚已经去世了，她感慨的是失去，她至少还有美好的回忆。而朱淑真写这首《减字木兰花·春怨》的时候，她的丈夫还活着，可是，这活人带给她的孤独感，却比她一个人的时候还要沉重。她没有任何美好的回忆，也没有任何希望。所谓"剔尽寒灯梦不成"，连梦都没有，不就是绝望了吗？

婚姻如此令人窒息，怎么破解呢？有研究者认为，就像托尔斯泰笔下的安娜·卡列尼娜一样，朱淑真出轨了。何以见得呢？有《生查子·元夕》为证："去年元夜时，花市灯如昼。月上柳梢头，人约黄昏后。今年元夜时，月与灯依旧。不见去年人，泪湿春衫袖。"大家对这阕词太熟悉了。几乎每年正月十五都会有人说，这是中国的情人节，然后，再引用这句"月上柳梢头，人约黄昏后"作为佐证。这一句词的意境确实美，问题是，如果这个约会的人已经有丈夫，又该做何感想呢？可能读者朋友会疑惑，这首词不是欧阳修写的吗？的确，这首词的作者到现在还有争议，有人说是朱淑真，也有人说是欧阳修。但是，就算把这首《生查子·元夕》的著作权放在欧阳修身上，朱淑真还有另外一阕《元夜》，写得比这首《生查子·元夕》还要大胆。诗云："火树银花触目红，揭天鼓吹闹春风。新欢入手愁忙里，旧事惊心忆梦中。但愿暂成人缱绻，不妨常任月朦胧。赏灯那得工夫醉，未必明年此会同。"什么意思呢？正月十五，火树银花，到处一片通红。人们有的敲锣，有的打鼓，在春风里尽情欢腾。我把情人拥入怀抱，不由得想起往日为他做过的绮梦。若能让有情人再多缱绻一会儿，真希望月光能够永远这样朦胧。我们别去赏灯了，就这样依偎在一起吧，未必明年还能有这样的机会，再与君同。这一句"但愿暂成人缱绻，不妨常任月朦胧"，是不是比"月上柳梢头，人约黄昏后"还要大胆，还要直白？这样的感情，原本不该属于一个已婚的少妇，可是，这少妇在精神上太孤独了，哪怕如流星那样稍纵即逝的情感光芒，她也要一把抓住，不忍放手。

然而，这样的感情，终究不能为世人所容许。朱淑真只能离开丈夫，回到娘家。现存史料太少，我们无法判断，她是被丈夫休弃，还是自己主动离开的，总之，她从精神上的无所依傍，变成精神和物质都无所依傍了。而情人呢，却并没有真的和她在一起。在这样绝望的情境下，朱淑真很快郁郁而死，而且，据后人的说法，是投水而死，尸骨无存。这是何等凄凉的人生啊。

对这样的行为，不仅宋朝的主流社会无法理解，甚至连她的父母都无法理解，他们给她起了"淑真"这样温顺的名字，又让她嫁了一个门当户对的丈夫，为什么她却无法获得最最普通的幸福呢。朱家父母没有更高的见识，他们只能迁怒于让女儿手不释卷、魂牵梦绕的诗文，如果不是让这些诗迷了心性，女儿何至于此！急痛之下，他们把朱淑真留下来的诗稿付之一炬，让它们和可怜的女儿一样，随风飘散，仿佛从未曾来过。这真是一场文化的灾难。后来，是一个叫魏仲恭的南宋人把流传在民间的朱淑真诗词编成了一个集子，起名叫《断肠集》，这才保存了我们现在读到的这些诗词，而这些诗词，跟朱淑真当年创作过的诗词相比，只能算是十不存一了！

不知道还有没有读者朋友记得，1987年版的电视剧《红楼梦》里，香菱每天爱不释手，挑灯吟哦的，就是《断肠集》。所以，当她香消玉殒的时候，宝玉才会把《断肠集》轻轻地放在她的胸前。其实，这个细节，并没有出现在《红楼梦》的文本之中，是电视剧的创意。我一直觉得，这个创意特别好。为什么呢？因为香菱真的就像朱淑真。两个人都是把精神追求放在第一位的理想型人格，所以，朱淑真嫁给俗吏，却无法和他一起追求庸俗的快乐；而香菱虽然已经沦为婢妾，却还要"慕雅女雅集苦吟诗"。而且，这两个人也都是有命无运的悲剧人物，跟几乎所有古代女性一样，婚姻是她们的唯一出路，她们都曾经对婚姻抱有美好的期待，却终究被失败的婚姻打倒。

《红楼梦》最喜欢用诗词歌赋来预示人的命运。比如，第六十三回，贾宝玉过生日，把姐妹们都请到怡红院，玩占花名的游戏。当时，香菱抽到的花签是一枝并蒂花，上面写着"联春绕瑞"

四个字，还有一句诗"连理枝头花正开"。当时，香菱已经是薛蟠的小妾了，所以，很多人都觉得，这花签意头很好。殊不知，"连理枝头花正开"正是出自朱淑真的《落花》："连理枝头花正开，妒花风雨便相催。愿教青帝长为主，莫遣纷纷点翠苔。""连理枝头花正开"只是一个短暂的幻象，随之而来的便是"妒花风雨便相催"。娇嫩的鲜花终究敌不过风雨的摧残，这是香菱的悲剧命运，其实，也是朱淑真的悲剧命运。

那么，我们到底应该怎样看待朱淑真的悲剧呢？这悲剧固然是多方面的，有时代的局限，阶级的局限，性格的局限，我们可以做各种解读，但是，千万不要像朱淑真的父母那样，再去迁怒于诗词，迁怒于一个女性的精神追求了。事实上，正是诗词拯救了朱淑真，给了她最强大的精神寄托，让她凄凉的人生充满了意义。其实，也正是永不停歇的精神追求让人区别于动物，让人成为人，并且至死不悔。这就是朱淑真所说的"宁可抱香枝上老，不随黄叶舞秋风"。

严蕊

若得山花插满头，
莫问奴归处

宋朝以"靖康之耻"为界，分为北宋和南宋两部分。从思想的角度来说，北宋的风气更自由，而南宋的风气则更严肃。本文的主人公，就是一位挑动了当时严肃风气的侠妓，她的名字叫严蕊。

严蕊在历史上有名气，是因为她的命运跟一代大儒朱熹绑在了一起。这两个人的身份地位可太不相称了。朱熹是谁？那是理学大师，跟孔子并尊的人物。孔子是儒学的开创者，朱子就是儒学的集大成者，他也是唯一一个并非孔子亲传弟子，却又享祀孔庙，位列大成殿十二贤哲之一的人物。元明清三朝科举考试不是考四书吗？用的就是朱熹的《四书章句集注》，也就是说，他的著作在中国当了六百多年的标准教材，也是标准答案。这是多么了不起的人物！严蕊又是何许人呢？她是南宋时期台州的一个官妓，官妓是贱民，连自由的身份都没有，每天的工作就是陪地方长官的客人喝酒、唱歌、跳舞，算是职业三陪。可是，就是这样一位身份微贱的风尘女郎，却跟朱熹打了一场千年的官司，而且，至少在民间老百姓的心中，未落下风，甚至还得了一个"侠妓"的名号，这就堪称奇迹了。问题是，严蕊和朱熹两个人身份地位迥异，他们怎么会搅到一起去呢？其实，严蕊和朱熹还真是素昧平生，在这桩公案中，严蕊完全是个"背锅侠"，她触犯朱熹，其实是吃了唐仲友的挂落。

唐仲友又是何许人呢？严蕊是台州的官妓，而台州的长官就是唐仲友。此人官做得好，又很有学问，为人也风流倜傥。宋朝官府的风气并不严肃，空闲时间很多，经常有各种各样的应酬。欧阳修那篇著名的《醉翁亭记》不是说吗？"太守与客来饮于此，饮少辄醉，而年又最高，故自号曰醉翁也。醉翁之意不在酒，在乎山水之间也。山水之乐，得之心而寓之酒也。"饮酒赋诗、呼朋唤友本身就是地方长官的工作之一，而官妓，就是官方安排好的女招待，随时要接受长官的调度，陪长官招待客人。严蕊就在唐仲友的手下当差，而且还当得格外好，为什么呢？因为严蕊就像唐代的薛涛一样，不仅仅会当时官妓一般都会的弹琴唱曲，她还会写诗。有一天，正是春暖花开，唐仲友闲来无事，就叫了官妓来赏花侑酒。庭院之中，有一树桃花开得正盛，而且同时开出红白两色花朵，这些小姑娘看了，都啧啧称赞。唐仲友对严蕊说，这树桃花，你能写点什么吗？严蕊嫣然一笑，略加思索，就按照《如梦令》的曲调，吟成一首小令："道是梨花不是。道是杏花不是。白白与红红，别是东风情味。曾记，曾记，人在武陵微醉。"

什么意思呢？你说它是白梨花，它并不是，你说它是红杏花，它也不是。你看那花朵有白又有红，真是别有一番情致。还记得吗？还记得吗？那个武陵的打鱼人曾经被它陶醉。这首小令，写得多么别致风流啊。"道是梨花不是，道是杏花不是"，简直就像说闲话一样，可是，又一下子把这花的特点抓住了。这花兼有梨花的白和杏花的红，也就兼有了梨花的明媚和杏花的娇俏。那它究竟是什么样子呢？"白白与红红，别是东风情味"。"白白""红红"两组叠字，让我们仿佛一下子就看见了红粉交错、两色争妍的风采。说到这儿，这花的形象已经呼之欲出，所以，汇总成一句"别是东风情味"，由实入虚，收得干干净净。那么，说了半天，这花到底是什么花呢？最后两句揭晓了："曾记，曾记，人在武陵微醉。"武陵是什么典故呢？她用的是陶渊明《桃花源记》的典故："晋太元中，武陵人捕鱼为业。缘溪行，忘路之远近。忽逢桃花林，夹岸数百步，中无杂树，芳草鲜美，落英缤纷。"这白白与红红的花朵，不正是当年陶醉了武陵打鱼人的桃花吗？谜底揭晓，同时，桃花的身份感也出来了，它可不是凡夫俗子，它原来是桃源仙品。我们也知道，中国古代的咏物诗词，都讲究托物言志。按照这个原则，这桃花的背后，不就是严蕊自己吗？严蕊是说，我并不是庸脂俗粉，我也有神仙一样的高洁品格。唐仲友一看，大为赞赏。那么，他们的关系是否从此就发展为"红袖添香夜读书"了呢？其实并没有。唐仲友虽然欣赏严蕊，但也就是赏了严蕊两匹缣帛而已，并没有把她领回家去，金屋藏娇。这就是宋朝官僚和官妓打交道的本分。官僚和官妓都是公务人员，在一起弹琴唱歌，吟诗作曲，这都算是公务活动，不成问题，但是，倘若据为己有，金屋藏娇，那就是假公济私，要犯错误了。

不过，唐仲友虽然并没有把严蕊据为己有，但是，对她的欣赏和喜爱之情还是与日俱增。到南宋淳熙九年（1182），唐仲友利用自己手中的权力，为严蕊落籍，让她回到黄岩，只在重大场合，才会回到唐仲友身边帮忙，算是友情出演。如果不出意外，这种岁月静好的日子就会一直这么过下去了。

可是未曾想，事情又起了波折。唐仲友有一个好朋友叫陈亮，到台州来拜访他。陈亮其人在今天的知名度不算太高，但是，如果说到辛弃疾的《破阵子》，"醉里挑灯看剑，梦回吹角连营"大家肯定都有印象。事实上，辛弃疾这首词的全称就是《破阵子·为陈同甫赋壮词以寄之》。而同甫就是陈亮的字，他也是一位喜谈军事，力主抗金的文学家。陈亮前来拜访，唐仲友自然要安排官妓招待他，还特地请严蕊出来作陪。按说，陈亮既然是文人，也应该喜欢严蕊才是吧？可是，有一句话叫"各花入各眼"。真正让陈亮着迷的，倒不是主人最得意的严蕊，而是一个叫赵娟的官妓。陈亮跟赵娟两情相悦，就请求唐仲友让赵娟脱籍，好把她带走。唐仲友很意外，还嘲笑陈亮说，你放着严蕊这样的一等人不喜欢，却喜欢赵娟这么一个二等人。不过，嘲笑归嘲笑，唐仲友也还是打算帮老朋友办这件事。于是他就找赵娟谈话说："听说你想落籍跟陈同甫先生走，是真心的吗？"赵娟说："是真心的。"唐仲友又说："陈同甫可没钱啊，你准备好跟他吃糠咽菜了吗？"这本来是一句玩笑话，没想到赵娟却当了真。她不是一个能够过苦日子的姑娘，随即就对陈亮冷淡下来，很明显，是不想跟他走了。面对情人翻脸，陈亮开始是丈二和尚摸不着头脑，仔细一打听，才知道是唐仲友从中作了梗。那么，陈亮知道了事情的来龙去脉会怎么想呢？其实，如果理性思考一下，陈亮应该感谢唐仲友才是，毕竟唐仲友的一番戏言暴露了赵娟嫌贫爱富的本质，这对陈亮来说也算及时止损。可是，恋爱中的人哪有理性啊？陈亮只觉得唐仲友坏了他的好事。越想越气，干脆不辞而别，找别的朋友散心去了。

那么，陈亮找的这个朋友是谁呢？就是朱熹。朱熹跟陈亮是朋友，那他跟唐仲友是什么关系呢？千万别单纯地以为，朋友的朋友就是朋友。唐仲友跟陈亮是朋友，朱熹跟陈亮也是朋友，但朱熹和唐仲友，却是一对对头。为什么呢？因为两个人思想观点不一致。唐仲友属于事功学派，强调事功，反对空谈义理。而朱熹恰恰是理学的一代宗师，讲究心性修养，讨厌急功近利。朱熹和唐仲友思想观点不一致，他也一直看不上唐仲友。一般看不起谁并没有什么要紧，不过这一次，朱熹的喜怒却足以决定唐仲友的前途。为什么呢？因为当时浙东地区正闹水灾，朱熹受朝廷委派，担任浙东常平使，负责赈济灾民，也顺便查访地方官员的履职情况。而唐仲友任职的台州，就在他的查访范围之内。此刻，得知陈亮从唐仲友那里过来，朱熹就顺便问道："唐仲友最近怎么样啊？"陈亮正生着气呢，就说："他？除了严蕊，他脑子里就没别的事了！"朱熹是个很正直的人，一听之下就生了气。如今灾情如此严重，唐仲友身为地方长官，居然迷恋官妓，不管百姓死活！于是又问："那他怎么评价我查访灾区这件事呢？"陈亮也是在气头上，就说："唐仲友说你连字都不认得几个，哪有资格巡视别人！"朱熹也是个有脾气的人，一听之下勃然大怒。他本来已经查访过台州了，这下，他决定，连夜赶到台州，重新整顿！

他杀了这么一个回马枪，唐仲友当然措手不及，也没能及时出来迎接他。一看唐仲友如此怠慢，朱熹更觉得唐仲友蔑视他。索性连上六本奏书，弹劾唐仲友。其中有一条，弹劾的就是唐仲友和严蕊有工作关系以外的奸情。按照当时的说法，叫作"逾滥"。这样一来，严蕊也就作为唐仲友案件的相关当事人，被抓了起来。这不是"人在家中坐，祸从天上落"吗！朱熹既然弹劾唐仲友，唐仲友也不能坐以待毙，他也上书朝廷，说朱熹违背法度，公报私仇。正所谓公说公有理，婆说婆有理，这样一来，整个案子就处于胶着状态了。怎么办呢？朱熹就想从严蕊这儿打开缺口。按照他的想象，妇女本来就比较脆弱，官妓又是逢场作戏之人，容易见利忘义，只要吓唬吓唬她，不怕她不招认。而涉及两性关系的案件，只要一方招供了，那么另一方也就说不清楚了。于是，他就派人百般拷打严蕊。可是，别看严蕊花柳一般的身姿，却是铁石一般的性格，翻来覆去只讲一句："循分供唱，吟诗侑酒是有的，其他什么都没有。"就这样审了一个月，硬是没审出一句口供来。朱熹觉得台州办事不力，干脆又把严蕊转到越州，让越州太守再审。这位越州太守也是个理学家，平生最恨有色无德之人，对严蕊的刑讯逼供就又上了一个等级。眼看着严蕊每天受刑，连狱卒都同情她了，就私下对她说："上司无非就是要你招供。你干吗非跟他硬扛呢！要知道，妇女犯淫罪，最多不过是仗刑，你已经被打过了，也不会再打，你又何苦为难自己！"严蕊怎么回答呢？她说："我也知道，身为卑贱的官妓，纵然是真的跟太守有奸情，也罪不至死。我招认了，能有什么坏处？我只是觉得，天下事真就是真，假就是假，岂能为了我自己少受点苦，就去诬陷士大夫！"这话说得铁骨铮铮，从此在民间，就有人称她为"侠妓"了。

那么，是不是她就能因此被释放了呢？并没有。就像严蕊被牵扯进来不是由她自己决定的一样，她是否能脱身，也由不得她自己。关键是事情又有了转机。这个案子越闹越大，终于闹得连皇帝都要亲自过问了。当时的皇帝是宋孝宗，他把双方的奏本看了又看，却始终理不出头绪，于是就去咨询一个叫王淮的宰相。这位宰相是唐仲友的同乡姻亲，但又是朱熹担任浙东常平茶盐公事的推荐人，算是一个立场比较持平的人。面对皇帝的垂询，王淮是怎么回答的呢？他就说了一句："此乃秀才争闲气耳！"这话说得对不对？真是太对了。这件事的核心，其实就是意气之争。唐仲友对着陈亮讥讽朱熹不识字，这对不对？当然不对。朱熹是个大儒，学问高深，绝非不识字之人，所以，唐仲友本来就不该胡说，这是他不对。而朱熹呢？既然主张修身养性，那么就算被人轻视，也应该像孔夫子所说的那样，"人不知而不愠"，而不该一点就着火，公报私仇，更不该逼迫无辜。再看陈亮。就算听见唐仲友乱说，也不该传闲话给朱熹，因为中国古代讲究"君子绝交不出恶声"，把朋友之间的私房话讲给第三个人听，这又是他不对。这样看来，这三位虽然都是对中国历史有贡献的大人物，但也都摆脱不了人性的弱点，成了一群争闲气的秀才。而王淮呢？别看在历史上的名气没有这几位大，但毕竟是个老于世故的官僚，反倒能够明察秋毫，一语中的。既然如此，这桩公案到底该怎么办呢？最后的结局是唐仲友辞职，朱熹调离，宋孝宗也再不追究，和稀泥了事。

两个当事人都走了,严蕊怎么办呢?宋孝宗改派一个叫岳霖的长官来重审此案。此时再审,自然是疑罪从无,开释严蕊。经过这么两个月的折腾,严蕊已经憔悴不堪了。在此之前,岳霖对严蕊"侠妓"的名声已有耳闻,此刻四目相对,他决定问一问严蕊日后的打算。既然严蕊有才女之名,他希望严蕊用诗词来表达心声。面对岳霖的要求,严蕊凄然一笑,提笔写下一首《卜算子》:"不是爱风尘,似被前缘误。花落花开自有时,总赖东君主。去也终须去,住也如何住?若得山花插满头,莫问奴归处。"我本不是贪恋风尘之人,如今却沦落风尘,大概还是被前生的因缘所误。花开花落都会有一定的时候,这由不得我,只能由春神来做主。您问我将来的出路,那么我自然是选择离开,如果您让我留,我又如何能留住!如果能做一个自由自在的山野村妇,那么大人,您也就不要再问我的归宿。这一阕词,真是一篇有恨有泪,却又有追求有愿心的《陈情表》。作为一个沦落风尘的女子,貌似繁华的生活里有着多少任人摆布的不堪,如果可能,严蕊宁愿洗却铅华,成为一个满头插着野花的村妇。岳霖一看,大为感慨,他正式安排严蕊落籍,自由终老。那么,这位春神一般的岳霖岳大人到底是谁呢?他就是抗金英雄岳飞的儿子。一代忠臣,拯救了一代侠女,这真是一个动人的结局。

故事讲完了。可信不可信呢?其实这故事在历史上一直存在争议。因为最原始的材料残缺不全。朱熹的弹劾奏本固然保存了下来,但是,唐仲友的辩驳却早就被后世的朱熹弟子们删得干干净净。现存的记录主要来自笔记小说,而笔记小说自然没有那么可信。所以，近一千年来，两派学者一直在打架。一派认为，唐仲友确实有贪污公帑和滥征杂税等行为，因此，朱熹的弹劾并非查无实据。而另一派则认为，唐仲友在台州集资是为了修学堂、刻图书，并非是朱熹所说的"贪污官钱，偷盗公物"，他无疑是受冤枉的好官。很明显，学者们的兴趣大多在这两位士大夫身上。但是，在民间，更多的人关心的不是朱熹，不是唐仲友，而是严蕊。明朝的文人凌濛初，还把严蕊的故事写成精彩的小说，题目就叫《硬勘案大儒争闲气 甘受刑侠女著芳名》。很明显，就像大人物会有大人物的弱点一样，小人物也会有小人物的骄傲，站在民间立场上，人们更愿意相信，仗义每多屠狗辈，古来侠女出风尘。

　　我们中国自古是一个统一的多民族国家。帝制时代的第一次大一统出现在秦朝，第二次大一统出现在隋朝，第三次大一统出现在元朝。元朝是少数民族建立的政权，它主导的这次统一包容进了长城以外最广袤的大漠，它也让蒙古文化、色目文化进入中原，逐渐成为中国文化的一部分。但是，这些改变并不妨碍中原文明继续传承。事实上，正是在元朝，出现了一位定慧双修、福寿双全，无论在哪个历史时期都堪称完美的女性，这位女性就是元代大书画家管道升。当然，她还有一个身份，是元代最著名的书法家赵孟頫的夫人。

　　我们今天见到成功的职场女性，总喜欢问一个问题，你是如何平衡家庭跟事业的？这是一个对女性不大友好的问题，但也确实是女性经常要面对的现实问题。其实，在中国古代也有类似的问题，才女们往往成不了贤妻良母，个人生活并不完美；而贤妻良母又往往不以才华见长，比如，著名的四大贤母，没有一个是真正意义上的才女。那么，有没有哪位古代女性，能够在家庭关系和个人才华之间找到平衡呢？管道升就是一个。

管道升个人天分极高，擅长书法、绘画和诗词，她的《秋深帖》和《墨竹图》现藏于北京故宫博物院，《烟雨丛竹图》和《竹石图》现藏于台北故宫博物院，这都是国家级的艺术珍品。与此同时，管道升的家庭生活也堪称典范，她的丈夫赵孟頫本来是南宋宗室，进入元朝后又受到历代皇帝的赏识，官至翰林学士承旨，封魏国公。管道升也因此夫贵妻荣，受封为魏国夫人，历史上把管道升称为管夫人，就是从这儿来的。管夫人和赵孟頫一共生育了九个子女，其中的第二子赵雍也是著名的画家和书法家。事实上，管夫人一门三代一共出了七位书画家，这在中国历史上恐怕也是绝无仅有。主持这样的大家族当然需要杰出的组织协调能力，在这一方面，赵孟頫对管道升佩服得五体投地。管夫人去世之后，她的丈夫赵孟頫亲自为她撰写墓志，称她"翰墨词章，不学而能"，又说她"待宾客，应世事，无不中礼合度"，真是家庭和事业双丰收。那么，管道升是如何做到的呢？我想，做才女在很大程度上仰赖天分，并非人人可学；但是，理顺家事却有技巧，值得总结。

我想和大家分享的第一个案例叫《我侬词》，讲的是夫妻关系话题。词云：

你侬我侬，忒煞情多。情多处，热如火。把一块泥，捻一个你，塑一个我。将咱两个，一齐打破，用水调和。再捏一个你，再塑一个我。我泥中有你，你泥中有我。我与你生同一个衾，死同一个椁。

这首小词写得大胆直白，任谁看了，都会觉得是一封情书吧？除了热恋中的青年男女，谁会有这样的自信和热情呢？但事实上，管道升写这首词的时候已经年过四旬，徐娘半老。而且，她一向深感自豪的婚姻生活也触了礁，她的夫君赵孟頫，居然动了纳妾的念头，还给她写了一首打油词："我为学士，你做夫人，岂不闻王学士[1]有桃叶、桃根，苏学士有朝云、暮云。我便多娶几个吴姬越女无过分，你年纪已四旬，只管占住玉堂春。"赵孟頫可是元朝公认的大才子，几句话写得层次清晰，逻辑严密。先看第一层："我为学士，你做夫人。"一上来就亮明了身份。我官居翰林学士承旨，算是皇帝的秘书长，正春风得意；而你也妻凭夫贵，当上了吴兴郡夫人。那又怎样呢？紧接着，赵孟頫亮出了第二个层次："岂不闻王学士有桃叶、桃根，苏学士有朝云、暮云。"往远里说，东晋的大书法家王献之王学十身边有桃叶、桃根两姐妹服侍；往近里说，宋朝的大文豪苏东坡苏学士也有朝云、暮云两个侍妾追随。古往今来，和我一样身份的人，哪个不是珠围翠绕，妻妾成群！那么，他到底要得出怎样的结论呢？看第三层："我便多娶几个吴姬越女无过分，你年纪已四旬，只管占住玉堂春。"我如今论才气论官职都不亚于他们，就算多娶几个漂亮姑娘也不算过分，你人老珠黄，别总想着玉堂富贵永留春！

---

[1]　到底是陶学士还是王学士，存在不同说法。

　　这真是人生的一大危机。因为管道升和赵孟頫是出了名的志同道合，比翼齐飞。他能诗善赋，她也清辞丽句；他是楷书四大家之一，她也是"书坛两夫人"之一；他是文人画的标杆，她也是文人画的代表；他擅长的她都擅长，她喜欢的他也都喜欢。这样的婚姻太般配，正因为般配，才容不下一点轻视和亵渎。《红楼梦》里，愚蠢的邢夫人可以主动帮丈夫贾赦去讨小老婆，但是高洁的管夫人眼里揉不得沙子，她没法妥协。

　　这个危机又太难解决。因为当时的社会本来就奉行一夫一妻多妾制，赵孟頫的要求并不过分，没准儿还能赢得同情。而管道升呢？若是坚持不让丈夫纳妾，反倒要被扣上"妒妇"的帽子，受人指摘。既没法接受，又没法不接受，怎么办呢？

　　管夫人当时年已四旬。四十岁拥有的，不仅是一张沧桑的脸，更有一颗智慧的心。她没哭没闹，就像平时夫妻间唱和那样，给赵孟頫回了一首小词："你侬我侬，忒煞情多。情多处，热似火。把一块泥，捻一个你，塑一个我。将咱两个，一齐打破，用水调和。再捻一个你，再塑一个我。我泥中有你，你泥中有我。我与你生同一个衾，死同一个椁。"词里写什么？也是三个层次：第一，你爱我，我也爱你。正所谓"你侬我侬，忒煞情多。情多处，热似火"。这是讲感情，唤起人心。第二，我离不开你，你也离不开我。为什么离不开呢？因为"把一块泥，捻一个你，塑一个我。将咱两个，一齐打破，用水调和。再捻一个你，再塑一个我。我泥中有你，你泥中有我"。我们俩就像两个泥人一样，原本确实是两个独立个体。但是，在漫长的婚姻生活中，咱们都经历了打破、调和、再塑造的过程，早已变成了我中有你，你中有我，我们都有九个孩子了，彼此还能再截然分开吗？这是在讲事实，唤起理性。第三，生是你和我，死是你和我。正所谓"我与你生同一个衾，死同一个椁"。这是在讲决心，生则同衾死同穴，我们之间，永远不可以有第三者！

这首词写得真好，热烈自由，堪称古代抒情典范。但我觉得，最好的还不是这首词，而是词背后管夫人的处世态度——积极，理性，充满热情。什么叫积极？所谓积极，就是面对危机的时候，主动寻求解决。你有来，我就有往，不躲不闪，直面问题。解决问题是要靠理性的，这理性是什么呢？在这场婚姻危机里，理性无非是确定三件事：第一，我能妥协吗？当然不能，我是骄傲的管夫人，我的婚姻不容侵犯，我不能瓦全。第二，我能放弃吗？当然也不能。我深爱这个人，对此前的婚姻状况高度满意，我不想因为瑕疵而放弃整体，我不能玉碎。第三，他能妥协吗？他当然能。他并非不满意现在的生活，他只是受了世俗的诱惑，有点人心不足。难道他真的愿意为了一点贪心就毁掉现在的幸福吗？！他不会。问题是，怎样才能说服他呢？所谓说服无非是摆道理和讲感情，而道理，一定要包裹在情感里头。因为按照中国人的理解，脑子才会评判道理，人心却是肉长的，为什么不以情动人呢？这就看出管夫人的厉害了："情深处，热似火"也罢，"我泥中有你，你泥中有我"也罢，"生同一个衾，死同一个椁"也罢，没有厉声的呵斥，也没有严肃的道理，只有最饱满昂扬的感情。这感情不是少女"逢郎欲语低头笑，碧玉搔头落水中"的娇羞，也不是少妇"怕郎猜道，奴面不如花面好"的娇俏，这是一个中年妇女的飒爽英姿，它既不攻击，也不妥协；它理解人性，也相信人性；

它直白泼辣，也委婉深沉；它像一把重锤，一下子就击中了赵孟頫的心。

那么，故事的结局如何呢？据说，赵孟頫看了这首词之后大笑起来，从此再也没有动过纳妾的念头。一场危机，就这样变成了一个玩笑，一段佳话。这就是婚姻生活中的高情商。

再看一首管夫人的《题画》诗，这是一个教子的案例。诗云："春晴今日又逢晴，闲与儿曹竹下行。春意近来浓几许，森森稚子石边生。"这首诗称为《题画》，当然吟咏的是一幅画。画的什么呢？就是管夫人和孩子们的生活。春光明媚，又赶上个大晴天，管夫人就带着几个孩子到竹林下散步。到了大自然中才发现，几天不见，春意又比先前浓了不少，你看那大石头旁边，肥嫩的竹笋都冒出了头，挤挤挨挨连成了一大片。

这首诗写得真不错，既是一首货真价实的题画诗，又是一首情趣盎然的教子诗。可能有读者朋友会疑惑，这诗的落脚点是竹子，跟教子有什么关系呢？这其实就是传统诗歌三大表现手法"赋、比、兴"之中"比"的应用。那竹林下新冒出头来的"森森稚子"，不就是管夫人身边活蹦乱跳的小小少年吗！事实上，这首小诗不仅跟教子相关，它还隐含了家教中的三大原则：闲闲的陪伴，暗暗的榜样和隐隐的期待。

先看闲闲的陪伴。管夫人是个大忙人，她的丈夫赵孟頫官至翰林学士承旨，是朝廷的一品大员。管夫人身为命妇，少不得出入宫禁，往来应酬，这是她的身份使命。管夫人还是赵氏一门的女主人，要管理家业，照应宗族，这是她的家族责任。管夫人本人又是大书画家，研习翰墨、点染丹青，这是她的人生追求。这些责任，哪一个都足以让人分身乏术。《红楼梦》里，王熙凤协理一个宁国府，都要从早到晚，忙得茶饭无心、坐卧不宁，何况是身兼数任的管夫人呢！但与此同时，管夫人还是三子六女九个孩子的母亲。这九个孩子是家族的未来，他们的成长，在管夫人心中，更是重中之重。怎样培育他们呢？"春晴今日又逢晴，闲与儿曹竹下行。"这个"闲"，不是闲来无事，而是忙里偷闲。母亲也罢，父亲也罢，只要做了家长，就算再忙，也要偷出一点时间来留给儿女，近距离地参与他们的生活。这种陪伴，从亲情的角度说，是父母子女的情分；从教育的角度说，是耳提面命的基础。当年，高卧东山的谢安，若不是和侄儿侄女一起围炉赏雪，怎么会激发出谢道韫"未若柳絮因风起"的文坛佳话！可能有的"老母亲"会说，我的陪伴还少吗？每天陪着孩子写作业，都要陪出心脏病了！要知道，陪写作业虽然也是陪伴，却不免太过具体，太过急切，也太过功利，这样一来，陪伴也就变成了督导，少了家庭教育循循善诱的雍容。反观管夫人，竹下闲行之中，"新竹高于旧竹枝，全凭老干为扶持"的亲子之情有了，"未出土时先有节，便凌云去也无心"的品格教育有了，"绿竹入幽径，青萝拂行衣"的审美教育也有了，这才是家庭教育的无用之用，不闲之闲。

再看暗暗的榜样。我们中国的父母喜欢给孩子树榜样，这榜样有一个共同的名字，叫"别人家的孩子"。别人家的孩子用功，别人家的孩子懂事，别人家的孩子能干。你若努力赶上了这一位"别人家的孩子"，还会有下一位"别人家的孩子"在前方等着你。你只是一个人，"别人家的孩子"却是"子子孙孙无穷匮也"，想想不免令人沮丧。这种榜样的问题出在哪里？出在一个过于直白的"比"字上，他比你强，你比他差，一旦出现了这样明白的比较，就会产生争竞之心，而不是羡慕之情，也就失去了学习榜样的真诚动力。管夫人怎么树立榜样呢？她不用去找"别人的孩子"，她自己就是榜样。管夫人不仅带着孩子竹下闲行，她还曾经画过一幅《修竹图》，上面写了几句话，算是夫子自道："墨竹，君子之所爱也。余虽在女流，窃甚好学。未有师承，难穷三昧。及侍吾松雪十余秋，傍观下笔，始得一二。偶遇此卷闲置斋中，乃乘兴一挥，不觉盈轴，与余儿女辈玩之。"短短几句话，却有三大不凡之处。哪里不凡呢？第一，好学不凡。一位古代的贵妇，不喜欢金玉珠宝，却仰慕竹子的气节，在相夫教子之余跟随丈夫学画竹子，一学就是十几年，终于能够做到"乘兴一挥，不觉盈轴"的程度，这是何等高贵的精神！看着这样好学的母亲，儿女怎么会领悟不到学习的真谛？第二，"吾松雪"不凡。所谓"松雪"，是指赵孟頫的别号"松雪道人"。一位古代的妻子，谈到自己的丈夫，不叫官人，不叫老爷，而是既平等又充满爱意地叫着"吾松雪"，这不就是"你侬我侬，忒煞情多"吗？看着与丈夫相亲相爱而又平起平坐的母亲，儿女怎么会领悟不到家庭关系的真谛？第三，"与余儿女辈玩之"不凡。一幅精心绘制的画作，不收起来珍藏，也不拿出去炫耀，而是跟儿女一起把玩，这不就和居里夫人给孩子玩诺贝尔奖章是一个道理吗？看着这样潇洒的母亲，儿女又怎能不领悟生活的真谛？孩子是看着父母的背影长大的，这背影就是身教。管夫人一定不会对子女说跟我学，但是，她这种暗暗挺立的身姿本身就是家庭教育最核心的力量，这才叫"桃李不言，下自成蹊"。

最后看隐隐的期待。为什么管夫人眼里春意盎然，心里春光无限？因为此刻的"森森稚子"，来年又是一片青青翠竹。同样，此时身边娇痴玩耍的小儿女，长大以后，也会成为温润君子和窈窕淑女，成为管道升与赵孟頫生命与精神的延续。所以管夫人带着孩子，看着竹笋，才会觉得春意渐浓，心头暗喜。这是一种隐隐的期待，这期待不是为官做宰，也不是成名成家，它不是任何具体的目标，它只是对生命的信任，对未来的乐观。这也是家庭教育最自然，也最打动人心的地方：有你真好，看你长大真好。这不才是我们对待孩子的初心，也是家教最真诚的出发点吗？

当年，元仁宗曾经将赵孟頫、管道升以及他们的儿子赵雍的书法合装为一轴，收藏到秘书监中。他说："使后世知我朝有一家夫妇父子皆善书也。"很明显，元仁宗也是一位有文化教养，也欣赏文化教养的皇帝，他由衷地赞赏着这个快乐而有为的家庭，把他们看成元朝的脸面。一家夫妇父子都有成就，这需要造化，可以羡慕，很难模仿。但是，一家夫妇父子和平快乐，"你侬我侬，忒煞情多"，却是可以修养出来的美事。古代和今天固然有巨大的时代差异，但人性却总有相通之处，但愿管夫人的齐家之道能如竿竿翠竹，在中华文化的土壤中暗暗滋长，长成一片又一片茂密的竹林。

第六章

明清风云

她的一生，固然漂泊如寒柳，

但也坚定如青山。

柳如是

我见青山多妩媚，
料青山见我应如是

晚明真是一个奇异的时代。一方面，市民经济日渐活跃，到处锦衣玉食、花天酒地，颇有一种"急催弦管送年华"的行乐气息；另一方面，却是边衅匪患交织，朝廷腐朽，国事已如一团乱麻，又让人时刻产生"报国欲死无战场"的愤懑心情。这正义的愤懑与淫靡的享乐都激荡在了十里秦淮河，于是，就有了才情与气节并重的秦淮八艳，有了明末秦淮八艳之首——爱国志士柳如是。

中国古代的男诗人，基本上都出自"士"这个阶层，跟参加科举、入仕为官的人群范围差不多。女诗人却不一样，她们之中有一部分出自闺秀，其实就是读书人的妻子、女儿和姐妹，和男诗人的社会阶层一致。但是，还有另外一部分出自青楼，其实就是读书人的情人。这两类女诗人哪一类的成就更高呢？还真难以一概而论。一般而言，闺秀诗人自带书卷气，算是"腹有诗书气自华"的典范，品位高雅、情感细腻，但是往往生活阅历不够丰富。闺秀每天大门不出、二门不迈，能够接触到的人无非是父母、兄弟、丈夫这样的亲人，这些亲人若是性格开朗、思想先进，还能够跟她们讲论文章诗句，让她们受一些启发，得一些进步；若是亲人观念保守，或者自身才气不够，那闺秀诗人发展的空间就极为有限。就拿《红楼梦》来说，贾探春等几位大观园才女不是结了一个海棠诗社吗？可是社里的成员，也只有自家姐妹姑嫂那么几个人，唯一的男性成员贾宝玉，虽然观念进步，对姐妹们的才华赞叹不已，但是自身水平却有点欠缺，在姐妹之中往往垫底，也就谈不上给姐妹们什么指点了。这就是闺秀诗人的不足之处。

青楼诗人却不然。她们出身卑微，大多数都有一段不堪回首的前尘往事，或许文化底蕴远不如闺秀，但是，她们迎来送往的，却往往是全国第一等文人。中国古代的婚姻和恋爱互不关联，文人们娶妻，自然是要娶和自己门当户对的闺秀，但是谈恋爱的对象，却不能是闺秀，因为闺秀们一定是洁身自好、不见外人的。这样一来，文人们的爱情需求，往往只能从青楼取得。所以从隋唐有科举制开始，妓女就和举子结下了不解之缘。与唐代妓女云集的平康坊隔一条大街，就是尚书吏部所在地，也是科举考试的举子们云集的崇仁坊。进士得中之后，白天到朝廷谢恩，到曲江欢宴；晚上呢，就到平康坊来享受妓女们的爱慕和崇拜。明朝也是如此。十里秦淮河，一边是南方地区会试的总考场江南贡院，也就是今天南京的科举博物馆，另一边则是妓院云集的长桥旧院。江南的才子们考试之余，纷纷到章台柳巷追欢买笑，这样一来，居住在这里的名妓也就得以结交天下俊彦。所谓"下棋找高手，弄斧到班门"，和文人交往多了，秦淮河畔的妓女们无论在眼界还是在趣味上都有不俗的表现，甚至真成了文人们的益友。这就是青楼诗人的优势。柳如是就出身于这样一个青楼群体。这个群体世称"秦淮八艳"，汇集了明末清初南京秦淮河上的八个南曲名伎，分别是顾横波、董小宛、卞玉京、李香君、寇白门、马湘兰、柳如是和陈圆圆，在这八个人中，柳如是才华最高、经历最奇，堪称八艳之首。

柳如是不仅像当时一般秦淮名妓那样精通音律，还能诗、能画、能书。她的书法被清朝的两代帝师——大书法家翁同龢称为"铁腕拓银钩"，称赞她"奇气满纸"；她的画作《月堤烟柳图》现存收在故宫博物院，《人物山水册》现存收在美国弗利尔美术馆；她的传世诗文有《湖上草》《戊寅草》《红豆村庄杂录》《东山酬和集》等若干部，被认为是"艳过六朝，情深班蔡"。

如果一定要在众多作品中挑出一个代表作，那么入选的应该就是《金明池·咏寒柳》：

有怅寒潮，无情残照，正是萧萧南浦。更吹起，霜条孤影，还记得，旧时飞絮。况晚来，烟浪斜阳，见行客，特地瘦腰如舞。总一种凄凉，十分憔悴，尚有燕台佳句。

春日酿成秋日雨。念畴昔风流，暗伤如许。纵饶有，绕堤画舸，冷落尽，水云犹故。忆从前，一点东风，几隔着重帘，眉儿愁苦。待约个梅魂，黄昏月淡，与伊深怜低语。

什么意思呢？正是那令人惆怅的寒冷江潮，正是那无情无绪的斜阳残照，正是那送别故人的南浦萧萧。风吹起一株寒柳，那结着清霜的柳条，让人不禁想起春天的时候，她那漫天飞舞的飞絮飘飘。天色将晚，在如烟的波浪和渐渐低垂的斜阳里，她见到远行的客人，那一束纤腰，仿佛还在向客人舞蹈。这情景，总是一种凄凉，十分憔悴，却仍然引逗出当年李商隐的《燕台四首》，让柳枝姑娘魂牵梦绕。春天的艳阳，已经酝酿着秋天的苦雨，想起往昔杨柳轻扬的风流，让她不禁暗伤如今的愁苦。纵然是仍有画舸绕堤周游，仍有水云依稀如旧，她也还是觉得冷落凄楚。想从前，她曾借着一点东风，透过重重帘幕，窥见一个佳人，在那里眉头紧锁。想是佳人也有一腔心事吧，真想约上一个梅花的灵魂，趁着月色浅淡的黄昏，跟那个佳人深怜低语。

什么叫作情景交融，物我一体？这一阕词堪称典范。说是咏寒柳，这寒柳却已经和柳如是融为一体。就像寒柳曾经有过柳枝清扬的春日光景，柳如是何尝没有过风流潇洒的昔日时光！十几岁的时候，她和才气纵横的宋征舆恋爱，她让宋征舆在大冬天跳到水里，宋征舆就毫不犹豫地跳到水里。后来，她又和大名士陈子龙恋爱，两个人长居松江南楼，互相唱和，俨然是一对恩爱夫妻。可是，"春日酿成秋日雨"，当年的肆意美好之中，已经隐藏着后来的全部不幸。宋征舆被严厉的母亲拉走了，陈子龙的原配夫人则闹上南楼，柳如是不堪受辱，只好愤然离去，流落在南浦之上，江淮之间。此时此刻，追忆当年，岂不是"念畴昔风流，暗伤如许"？就这样，写寒柳，想自身，人与柳融为一体了吧？可是，更妙的是，到结尾的地方，人和柳又分开了。在寒风中萧瑟的柳枝惦记着在重帘后叹息的佳人，想要约上一个梅花的灵魂，一起去找这佳人低语。这柳，这梅，这人，又成了一而三，三而一的关系，让人不禁感慨，这是多么奇妙的想象，又是多么清洁的灵魂啊。

古往今来，这阕词打动了很多饱尝生活艰辛的人，比如，隋唐史大师陈寅恪先生，就最喜欢柳如是这一阕《金明池·咏寒柳》。晚年的时候，他把自己的小楼命名为金明馆，书斋命名为寒柳堂，他的书稿，也因此集结成了《金明馆丛稿初编》《金明馆丛稿二编》和《寒柳堂集》，由此可见这阕词的影响力。不过，陈寅恪对柳如是的钦佩还不止于此，更重要的是，陈先生还在垂老之年，目盲之际，单凭口述，撰成近80万字的《柳如是别传》，这里致敬的，可就不仅仅是柳如是高超的才气，更是她传奇的经历了。

什么样的经历才叫传奇呢？有三件事至今让人击节称叹。

第一件是尊严出嫁。柳如是曾经有过几段恋爱，但是，她的情人都无法接受她的妓女身份，最终离她而去。直到崇祯十一年（1638），二十岁的柳如是遇到了五十六岁的钱谦益。钱谦益当时的身份，是已经辞官归隐的原朝廷礼部侍郎，但柳如是更看重的，是他的另一重身份——大名鼎鼎的东林党领袖。东林党是明末江南士子结成的政治集团，因为依托无锡东林书院讲学，所以被称为东林党。东林党注重气节，宁折不弯，是当时士人心中的偶像。而柳如是虽然身为妓女，却也不乏精神追求，一向以士君子自居。这样一来，钱谦益在她心目中的分量就重了。柳如是是一个潇洒的女子，她不像一般小女人那样惺惺作态，等着人上门追求，她主动出击，去找钱谦益了。崇祯十三年（1640），柳如是一身男装，拿着名帖，拜访钱谦益，跟他纵论天下大事，侃侃而谈。这一番豪情，大大震撼了垂老的钱谦益，两个人的感情迅速升温。一般佛经的开头，不都有"如是我闻"这四个字吗？钱谦益干脆在自己居住的半野堂建起一座"我闻"室，呼应柳如是的芳名。这还不算，崇祯十四年（1641），钱谦益在已有一妻二妾情况下，坚持用娶妻之礼，聘柳如是为夫人。这件事在当时太惊世骇俗了。因为依照明朝的道德标准，士大夫青楼狎妓，叫风流韵事，不仅不足挂齿，反倒还算是一段佳话。但是，要礼聘妓女为妻，那就不再是风流倜傥，而是伤风败俗了。钱谦益是当时的士林领袖，那些循规蹈矩的读书人完全无法接受他的这种行为，一时之间舆论哗然。他们乘船回到苏州家乡，婚船所过之处骂声不绝，好多人甚至站在岸边，往船上扔石头。但是钱谦益不为所动，坚持让仆人管柳如是叫夫人，他自己则尊柳如是为"河东君"。只此一件事，我们就得承认，钱谦益确实有超越侪辈的不同凡响之处。

钱谦益坚持以礼相待，柳如是又如何呢？柳如是和钱谦益一样不同凡响。她出身娼妓不假，她嫁入高门不假，但她一点也没有受宠若惊，更不会做小伏低，她就是堂堂正正的柳夫人。在这一点上，她太有超越性了。其实，就在柳如是嫁给钱谦益之前，另一位秦淮八艳董小宛也嫁给了大才子冒辟疆，只不过，董小宛不是做妻，而是做妾。嫁入冒家之后，董小宛就开始鞠躬尽瘁地照顾冒家的每一个人，直至九年之后油枯灯尽，香消玉殒。我们不能说董小宛不好，但是，在她这份鞠躬尽瘁背后，其实是一颗卑微的、赎罪式的心灵。董小宛始终觉得自己不配，这就是一种人格上的不自由。但柳如是从来没有这种想法，她跟钱谦益在人格上是平等的。这种观念，不要说放在明朝，即使放在今天，也仍然让人觉得叹为观止。当年，柳如是宣称："天下有一人知己，死且无憾。"此刻，这个知己就在身边，这是何等开心之事！据说，新婚宴尔之际，两个人曾经互相开玩笑。钱谦益说："我爱你乌个头发白个肉。"柳如是呢？马上回他说："我爱你白个头发乌个肉。"这一番肆无忌惮的调笑，听起来是不是有点肉麻？确实有那么一点，但这点肉麻本身就是爱的证据，就像管道升对赵孟頫说"你侬我侬，忒煞情多"一样，让人听了都觉得甜蜜。谁说这样的甜蜜不是传奇呢？

可是，这个传奇抵不过第二个传奇。第二个传奇，是投水殉国。卿卿我我，诗酒相伴原本是不错的个人命运，但是，个人的命运，又永远和国家的命运紧密相连。崇祯十四年钱柳结婚，崇祯十七年（1644）三月，李自成攻破北京，崇祯皇帝吊死煤山。紧接着，同年四月，清兵入关，一路南下。五月，福王在南京成立南明弘光政权，竖起了抗清的大旗。就在这样的危亡之际，钱谦益结束隐居状态，出任南明礼部尚书。柳如是也和钱谦益一起，从苏州到了南京。可是，弘光小朝廷太弱了，而清朝的铁蹄又太强悍，一年之后，1645 年五月，清军已经兵临南京城下。国破家亡就在眼前，柳如是对钱谦益说："你殉国，我殉夫吧。"她为什么要这样说呢？因为钱谦益是明朝的大臣，所谓"食君之禄，死君之事"，殉国是应有之义。而柳如是呢？作为一介女流，她不属于国家，而属于家庭。所以，如果钱谦益投水殉国，她也愿意追随殉夫。这就叫男殉国，女殉夫，或者男全忠，女全节。忠节二字，原本就是当时最核心的道德要求，柳如是虽然风流潇洒，平时多有世所侧目的惊人之举，但是，在大节方面，她却自有坚持。她坚信钱谦益和自己是一样的，所以，自然而然地拉着钱谦益来到荷花池边，准备投水殉节。可是，就在这个时候，最不可思议的一幕发生了。钱谦益把手伸到水里，探了探说："水太凉。"这可是以铁骨铮铮著称的东林党的领袖啊，大考之下，原来不过是个贪生怕死之人。钱谦益怕了，柳如是又如何呢？柳如是二话没说，奋身投水。曾经，钱谦益和柳如是都是不同凡响之人，但是，在生死之际，两个人还是分出高下来了，一代名士，不免贪生怕死；而一代名妓，却能舍生取义，两相对比，不是更能看出柳如是的可贵之处吗！当然，因为钱谦益死死拉住，柳如是并没有死成。但是，她的这一番忠节，却由此流芳千古。

既然不死，那就要做不死的事业了。柳如是鼓舞着钱谦益，变卖家产，资助各路抗清志士。据说，就连我们最为熟知的民族英雄郑成功，都得到过她的资助。这是柳如是的第二个传奇，投水殉国，也就是陈寅恪先生在《柳如是别传·缘起》中写下的那段雄文："夫三户亡秦之志，九章哀郢之辞，即发自当日之士大夫，犹应珍惜引申，以表彰我民族独立之精神，自由之思想。何况出于婉娈倚门之少女，绸缪鼓瑟之小妇，而又为当时迂腐者所深诋，后世轻薄者所厚诬之人哉！"

是传奇终有落幕之日。而柳如是的人生落幕之际，恰恰就是她的第三个传奇书写之时。这个传奇叫自杀保家。康熙三年（1664），钱谦益病逝。只留下和原配夫人所生的一个极其懦弱的儿子，和一个柳如是所生的已经出嫁的女儿。钱谦益虽不是硬骨头的忠臣，却一直是一个好丈夫，是柳如是的保护伞。这棵大树一倒，一群族人马上就露出了贪婪的嘴脸。他们声称钱谦益欠着他们的钱，如果不还钱，就要拿田产房屋抵债。为了替儿女保住这一点祖业，柳如是想尽办法，把自己的全部积蓄都给了他们。但是，她越是给，这些宗族的胃口就越大。怎么办呢？有一天，柳如是对那些聚众闹事的族人说，我已经一点钱都没有了，不如明天大家都到家里来喝酒，还欠你们多少钱，就拿田庄抵债。第二天，这些亲戚果然都过来大吃大喝，等着酒足饭饱之后瓜分财产。柳如是对他们说我这就上楼拿田契房契，随后就上了楼。楼下这些亲戚左等右等，却始终不见她下来。于是他们赶紧派人上去查看，这才发现，柳如是已经悬梁自尽。而且，还在墙壁上写下几个大字，"并力缚饮者而后报官"。什么意思呢？谁喝了酒，谁就是逼死我的人。她早已安排好人手，关起门来，把这些讨债者紧紧捆绑，扭送官府。我们中国自古讲究人命关天，既然闹出人命，这群族人自然也就没有好下场，被官府重责一顿，最终偃旗息鼓。就这样，柳如是拼上一条性命，最终保住了钱家的产业，保住了一双儿女的利益，也保住了柳如是"士可杀而不可辱"的坚强决心。

三个传奇讲完了，柳如是到底是一个什么样的人？我想，柳如是的一生，绝不仅仅是名妓，绝不仅仅是才女，甚至，也绝不仅仅是爱国志士。她是一个不肯被任何势力胁迫的斗士，无论这胁迫来自观念，来自异族，还是来自宗族。柳如是最早的名字叫杨爱，后来她自己改成了柳是，字如是。之所以改这个名字，是因为辛弃疾那首著名的《贺新郎》："我见青山多妩媚，料青山见我应如是，情与貌，略相似。"仔细想来，柳如是其实是一位具有钢筋铁骨的女性，她的一生，固然漂泊如寒柳，但也坚定如青山。

225

陈圆圆

痛哭六军俱缟素，
冲冠一怒为红颜

　　秦淮八艳的故事还没有完。本文的主人公是秦淮八艳之一，不过，她的历史影响力可比其他秦淮七艳都大，她就是以一己之身改写明清历史的一代名妓陈圆圆。

　　说到陈圆圆，大家必然会联想起吴三桂，联想起吴三桂冲冠一怒为红颜，打开山海关，让清军顺利入关的往事，想起三百多年前那场改天换地的历史大戏。明末清初的大诗人吴梅村写了一首长诗《圆圆曲》，以人带史，堪比白居易的《长恨歌》。我们干脆就从《圆圆曲》入手，跟大家分享陈圆圆的传奇一生吧。

　　《圆圆曲》开篇云："鼎湖当日弃人间，破敌收京下玉关。恸哭六军俱缟素，冲冠一怒为红颜。红颜流落非吾恋，逆贼天亡自荒宴。电扫黄巾定黑山，

226

哭罢君亲再相见。"

所谓鼎湖,是指上古时期,黄帝在荆山脚下汲水铸鼎,鼎成之后,有神龙垂下龙须接引黄帝上天。所以,后世就用"鼎湖"来代指皇帝去世。诗中这位皇帝不是别人,正是明朝最后一位皇帝崇祯。崇祯皇帝当年吊死煤山,吴三桂将军为了打败李自成,让开了山海关。他手下的将士们痛哭着为崇祯皇帝披麻戴孝,哪知道吴将军这冲冠一怒其实是为了陈圆圆。他还说红颜流落根本不是他最大的顾恋,他还说李自成灭亡是因为沉迷于饮宴。他像闪电一般扫荡关山,他一定要哭罢了皇帝和老父亲再和陈圆圆相见。

这段诗文起得惊心动魄吧?本来是写陈圆圆这样一个小女子的人生故事,诗人一上来,却先把她和明亡清兴的历史大关节联系在了一起。明朝末年,一共有三股势力在相互胶着,一支是北京城里的皇帝,一支是起自陕北的李自成,还有一支是山海关外的清军。吴三桂是明朝的宁远总兵,指挥着明朝最后一支劲旅"关宁铁骑",死死地守着山海关,不让清兵入关。可是,崇祯十七年(1644),却传来了李自成进北京,崇祯皇帝吊死煤山的消息。吴三桂没了主人,怎么办呢?此时的他有两条出路可选,一条是投靠李自成,另一条则是投靠清朝。吴三桂是个聪明人,跟两方面都有联络,两边也都对他伸出了橄榄枝。可就在这人生抉择的关键时刻,李自成手下的大将刘宗敏军纪不好,居然抄了吴三桂在北京的家,还抢走了吴三桂的爱妾陈圆圆。这样一来,吴三桂的情感天平一下子就倾斜了,他放开山海关,引多尔衮入关,共同对付李自成。这就是明末清初决定命运的"一片石之战"。这一战的结果大家都知道了，李自成一败涂地，清朝入主中原，中国的历史就此改写。表面上看，吴三桂又是让军队白衣白帽给皇帝戴孝，又是坚持哭完了崇祯皇帝和自己的老父亲再去见陈圆圆，但是，谁都知道，他之所以做出这样的选择，既不是出于对君主的忠，也不是出于对父亲的孝，他主要就是为了陈圆圆。这就是诗中所说的"恸哭六军俱缟素，冲冠一怒为红颜"。一代红颜，居然关系着明亡清兴这样的历史大关节，这是多么有气魄的一个开篇呀！

那么，陈圆圆跟吴三桂到底是什么关系，能够让吴三桂做出这样的决定呢？《圆圆曲》接下来就写清楚了："相见初经田窦家，侯门歌舞出如花。许将戚里箜篌伎，等取将军油壁车。"

所谓田窦家，是指西汉时的外戚田蚡和窦婴，在这里则是借指崇祯宠妃田氏之父田弘遇。吴三桂初次和陈圆圆相见是在崇祯皇帝的老丈人田弘遇家，那时候，田家的歌舞表演真像盛开的繁花。演完之后，田弘遇把娇美的陈圆圆献给了冉冉上升的一代将星吴三桂，只等着吴将军来娶，就把她送上油壁香车。这样看来，陈圆圆本来是皇亲国戚田弘遇家的歌舞伎，是田弘遇把她送给了吴三桂当小妾。那么，再以前呢？陈圆圆到底是什么人？她又为何来到了田家呢？诗中是这样写的：

"家本姑苏浣花里，圆圆小字娇罗绮。梦向夫差苑里游，宫娥拥入君王起。前身合是采莲人，门前一片横塘水。横塘双桨去如飞，何处豪家强载归？此际岂知非薄命，此时只有泪沾衣。"这一段诗文真精彩。"家本姑苏浣花里"，一个"姑苏"，一个"浣花里"，一下子就烘托出了一个地地道道的江南娇娃。陈圆圆就生在小桥流水的姑苏城，她本名邢沅，因为家里穷，只好送给姨妈收养，跟着姨夫改姓了陈，名字也从普通的"沅"改成了更娇媚的"圆圆"。陈圆圆这名字，自带一种小家碧玉式的温婉，让人一下子就联想起了春秋时期的江南美女西施。"前身合是采莲人，门前一片横塘水。"三百多年之后，我们都不必亲眼见识陈圆圆的风采，只要读一读这样的句子，马上就能产生一种穿越感，仿佛那美女就在碧波荡漾的池塘里闪过，她的手里，还拿着一枝初开的莲花，这是多美的意境啊。可惜，自古红颜多薄命，平静的日子并没有过几年，横塘里的双桨就摇动如飞，把她强行带到了豪门家里。面对这样不能自主的命运，可怜的陈圆圆也只能是泪湿罗衣。

原来，陈圆圆还有着这样的前尘往事啊，她本是姑苏人氏，却被田弘遇花高价买下，从江南带到了京城。这是不是会让我们想起《红楼梦》里，贾府为了迎接贵妃省亲，从姑苏采买小戏子的情节？梨香院里，那眉眼儿像林妹妹，多情也像林妹妹的小戏子龄官，还有那泼辣机灵的小戏子芳官，不都是这样从姑苏进了京城？想来，当年的陈圆圆就像贾府的小戏子们一样吧？事实正是如此。陈圆圆不是被姨父姨妈养大的吗？江南闹灾，重利轻义的姨夫就把圆圆卖给了梨园。圆圆扮演《西厢记》中的红娘，莺声燕语，一鸣惊人。这样的风月俏佳人，大概率会被某一个江南才子爱上吧，就像钱谦益爱上柳如是，侯方域爱上李香君。事实上也确实如此，明末四公子之一的冒辟疆就和陈圆圆有过一段情。冒辟疆说："蕙心纨质，澹秀天然，平生所觏，则独有圆圆尔。"而陈圆圆也曾经冒着兵火，到船上拜见过冒辟疆的母亲。连家长都见过了，下一步应该就是娶回家做妾了吧？如果真是那样，也就没有后来的董小宛什么事了。可是，天有不测风云，就在陈圆圆和冒辟疆订了终身，等冒辟疆来迎娶的时候，一个强大的黑恶势力出现了。这黑恶势力就是田贵妃的父亲田弘遇。当时，田弘遇的女儿田贵妃一病不起，田弘遇为了维持自己在宫中的势力不倒，就想买一个乖巧漂亮的女孩子送给皇帝，延续自己女儿的宠幸。而他选中的这个女孩子，就是色艺双绝的陈圆圆。这对陈圆圆来说到底是无妄之灾还是意外之喜？想来她自己也未必明白。但是，无论如何，身为弱者，她无从决定自己的命运，只好告别家乡，进入宫廷。

入宫之后又如何呢？诗云："熏天意气连宫掖，明眸皓齿无人惜。夺归永巷闭良家，教就新声倾座客。"崇祯皇帝当时内外交困，焦头烂额，根本顾不上看一眼这位明眸皓齿的美女，可怜的陈圆圆又被退回了田家。田弘遇邀宠不成，只好让她当了家里的歌舞伎，每天迎来送往，招待宾客。送进宫，又退回来，这对陈圆圆而言本来是一次大波折吧？可是，谁也没想到，就在这人生的最低谷，陈圆圆遇到了自己的真命天子。这真命天子是谁呢？诗云："坐客飞觞红日暮，一曲哀弦向谁诉？白皙通侯最少年，拣取花枝屡回顾。早携娇鸟出樊笼，待得银河几时渡？恨杀军书抵死催，苦留后约将人误。"

贵客们谁也不把陈圆圆真正放在眼里，他们推杯换盏直到日暮，圆圆的一腔心曲根本就无人倾诉。可是有一天，来了一位名叫吴三桂的少年将军，这白皙的少年拈了一枝花，对她频频回顾。他许诺很快就把陈圆圆这娇鸟一般的美人儿带出牢笼，他们俩就等着鹊桥相会，银河飞渡。恨只恨那前方的告急文书频频来催，吴将军只好留下陈圆圆赶赴前线，两个人拟好的佳期，也是一误再误。

想想看，这是多么动人的场景啊！一个是红粉娇娃，一个是少年英雄，这不也是"金风玉露一相逢，便胜却人间无数"吗？！历史上的吴三桂是不是英俊少年呢？确实是。据史书记载，吴三桂面容白皙，又没有胡须，简直美得就像妇人女子。或者说，美得像北齐时代的兰陵王。英雄的吴将军居然如此英俊，英俊的吴将军又居然如此多情，陈圆圆该是多么惊喜啊。只可惜吴将军还要赶回前线，陈圆圆也只能依依惜别，等待将军早点回还。

可是，此时的她万万没想到，历史又一次跟她开了个大玩笑。上一次，她苦苦等候着冒辟疆，结果等来了田弘遇；这一次，她苦苦地等待着吴三桂，命运却又给她送来了另外一个人。谁呢？诗云："相约恩深相见难，一朝蚁贼满长安。可怜思妇楼头柳，认作天边粉絮看。遍索绿珠围内第，强呼绛树出雕栏。"

什么意思呢？相约容易相见却难，忽然有一天，李自成的起义军拥满了长安。可怜陈圆圆本来是有了丈夫的良家妇女，这时却被人当作无主的杨花轻看。刘宗敏就像当年孙秀索取绿珠那样围住了吴将军的内宅，硬是把陈圆圆带出了画栋雕栏。的确，在王朝易主，干戈扰攘之际，不知道有多少家庭妻离子散，那么，陈圆圆是不是也会像当年被田弘遇强行带走那样，只能接受命运的安排呢？她本人确实无力反抗，但是，这一次，站在她背后的不再是手无缚鸡之力的冒辟疆，而是引领几万大军，驻守山海关的吴三桂。吴三桂本来就在李自成和清朝之间摇摆，现在爱妾被抢，老父被抓，这就是中国人最不能容忍的杀父之仇、夺妻之恨。起义军的错误让吴三桂倒向清朝，这也就是开头所说的"恸哭六军俱缟素，冲冠一怒为红颜"。

诗文写到这里，倒叙结束，接着该讲后面的故事了，吴三桂倒向清朝，到底有没有救出陈圆圆呢？诗云："若非壮士全师胜，争得蛾眉匹马还。蛾眉马上传呼进，云鬟不整惊魂定。蜡炬迎来在战场，啼妆满面残红印。专征箫鼓向秦川，金牛道上车千乘。斜谷云深起画楼，散关月落开妆镜。"什么意思呢？如果不是吴将军完胜，陈圆圆又怎么会只身匹马，回到他的身边！只见陈圆圆在马上一路传呼前进，虽然云鬟不整，但毕竟惊魂已定。吴三桂在战场上点起蜡炬迎接她，可怜她满面啼痕，脸上还残留着胭脂的红印。吴三桂接受清朝的命令，剑指秦川，险峻的金牛道上，车马成千上万。斜谷的白云升起来了，她倚着画楼凭栏；大散关前的月亮落下去了，她对着镜子描眉画眼。

靠着吴三桂的机变和实力，陈圆圆得救了，而且，随着吴三桂在清朝的地位青云直上，陈圆圆也迎来了夫贵妻荣的高光时刻。金牛道、斜谷、散关，这些荒僻冷落的险关绝道，处处都留下了吴将军的兵锋，也处处都留下了陈圆圆的倩影。吴三桂被封为平西王，镇守云贵两省，陈圆圆也成了王背后的女人，享受着前所未有的荣耀。这是一个多么跌宕起伏的人生传奇啊。这样的传奇经历传回陈圆圆的家乡，立刻引起了家乡父老的热议。诗云："传来消息满江乡，乌桕红经十度霜。教曲伎师怜尚在，浣纱女伴忆同行。旧巢共是衔泥燕，飞上枝头变凤凰。长向尊前悲老大，有人夫婿擅侯王。当时只受声名累，贵戚名豪竞延致。一斛珠连万斛愁，关山漂泊腰支细。错怨狂风扬落花，无边春色来天地。"

诗人真灵便，一笔宕开，就把始终对着陈圆圆的镜头摇向了她的老家姑苏。陈圆圆发迹的消息传遍了江南水乡，这时候，距离她离开姑苏，已经经历了十度秋霜。当年教她歌曲的乐师还活在世上，当年的女伴也还记得这位同行。她们本来都是衔泥的燕子，如今，陈圆圆却飞上枝头，变成了凤凰。回想当年，她受盛名所累，被你争我抢。一斛明珠的身价给她带来万斛的哀愁，关山漂泊让她的细腰一瘦再瘦。但如今她再也不必怨恨狂风吹落杨花，因为这阵狂风也给她带来了无边春色。命运无常，福祸相依，这是多么令人感慨啊。

那么，吴梅村写《圆圆曲》，难道就是为了感慨陈圆圆命运的无常吗？却又不是。诗人其实是在借陈圆圆讽刺吴三桂，所以写完了陈圆圆的苦尽甘来，他又把视线落在了吴三桂身上："尝闻倾国与倾城，翻使周郎受重名。妻子岂应关大计，英雄无奈是多情。全家白骨成灰土，一代红妆照汗青。"当年，吴三桂因为"冲冠一怒为红颜"而一举成名。作为一个背负重任的将军，岂能把妻子儿女这样的私人情感置于家国利益之上？可是，吴三桂将军却又是那么风流多情。他这一番"多情"不仅导致了清军入关，也让他自家付出了三十四口被杀的代价，而这也只是成就了陈圆圆倾国倾城的大名。这就是"全家白骨成灰土，一代红妆照汗青"。绮丽的辞藻、工整的对仗背后，又有吴梅村多少沉痛，多少讽刺啊。

吴梅村的寿命不够长，并没有看到吴三桂和陈圆圆的结局，但生活在三百年之后的我们却有后见之明。后来，清朝终于容不下吴三桂的地方势力，想要撤藩；而吴三桂不甘寂寞，又举起了反清复明的大旗，这就引出了历史上大名鼎鼎的"三藩之乱"。可是，当年吴三桂引清军入关的事情众所周知，谁会相信他反清复明那套鬼话呢？没有了"英雄无奈是多情"当挡箭牌，众叛亲离的吴三桂最后一败涂地。吴三桂败了，那陈圆圆呢？其实，吴三桂发迹之后，并未能将惊心动魄的爱情进行到底，陈圆圆最终并未逃过色衰爱弛的命运，早就出家为尼了。这样一来，吴三桂的成败跟她也就没有了关系。这本来是她的不幸，最后却又成了她的大幸。世事无常，陈圆圆大概早已习惯了。

陈圆圆的故事讲完了，我到底想说什么呢？我想说，在秦淮八艳中，其实陈圆圆整体资质最好，当时人说她"声甲天下之声，色甲天下之色"，有那么多势力争夺她，本身就印证了她的好资质。另外，陈圆圆的历史影响力也最大，因为她的一生毕竟关涉了明清易代的大主题。但是，无论如何，陈圆圆却不是风评最好的人。这不仅仅是因为吴三桂冲冠一怒为红颜，让她成了所谓的红颜祸水，更因为她始终像一朵杨花，随波逐流，任凭命运的摆布。本来，随波逐流，听凭命运安排是大多数人，特别是大多数古代女性的共同命运，但也正因为如此，我们才格外敬重那些和命运勇敢搏斗的人，无论成败与否。我们同情陈圆圆，但我们更欣赏柳如是，因为秦淮河的波澜带不走柳如是那样傲然挺立的寒柳，但却能轻易带走陈圆圆这样随波逐流的杨花，命运的波澜也是如此。

图书在版编目（CIP）数据

蒙曼女性诗词课 . 邦媛 / 蒙曼著 . -- 长沙：湖南文艺出版社，2023.6
ISBN 978-7-5726-1112-4

Ⅰ . ①蒙⋯ Ⅱ . ①蒙⋯ Ⅲ . ①古典诗歌—诗歌研究—中国 Ⅳ . ① I207.22

中国国家版本馆 CIP 数据核字（2023）第 073246 号

上架建议：畅销·文学

MENG MAN NÜXING SHICIKE BANGYUAN
蒙曼女性诗词课 邦媛

著　　者：蒙　曼
出版人：陈新文
责任编辑：刘雪琳
监　　制：李　炜　张苗苗
策划编辑：张苗苗　胡隽宓
特约编辑：张晓璐
营销支持：罗　洋　付　佳　杨　朔　付聪颖　周　然
装帧设计：梁秋晨
内文插图：呼葱觅蒜
出　　版：湖南文艺出版社
　　　　　（长沙市雨花区东二环一段 508 号　邮编：410014）
网　　址：www.hnwy.net
印　　刷：三河市兴博印务有限公司
经　　销：新华书店
开　　本：875 mm×1230 mm　1/32
字　　数：174 千字
印　　张：8
版　　次：2023 年 6 月第 1 版
印　　次：2023 年 6 月第 1 次印刷
书　　号：ISBN 978-7-5726-1112-4
定　　价：59.80 元

若有质量问题，请致电质量监督电话：010-59096394
团购电话：010-59320018

图片提供：
视觉中国（P006、P012、P031、P041、P051、P062、P082、P102、P119、P128、P136、P149、P167、P176、P179、P197、P220、P226）
除图注中特别标明外，书中图片均为呼葱觅蒜绘制。